三島柚葉
MISHIMA YUZUHA
新人のころから
吉田に片思いし
ている後輩。

後藤愛依梨
GOTO AIRI
吉田の上司で、５年に渡る片思いの相手。
「ふふ、あなた今日失礼すぎ」
私に対して
「失礼されなさすぎるのも退屈なんでしょ」
神田 蒼
KANDA AO
吉田の高校時代の元カノ。

「ねえセンパイ、
キスってどれくらいぶりですか？」

contents

ひげを剃る。そして女子高生を拾う。
Another side story 三島柚葉

しめさば

角川スニーカー文庫

22889

口絵・本文イラスト／ぶーた
口絵・本文デザイン／伸童舎

プロローグ

私の物語など、いらないと思っていた。

自分の〝在り方〟なんてものは、自分で決めればよくて、そこに他人の入り込む余地はなくて。

他人と深くかかわることで〝物語〟が生まれていくのだとしたら、きっと、私にはそんな物語などない。

そう思っていたのに。

気付けば、私は、彼との〝深いつながり〟を求めるようになっていた。

物語の舞台《ぶたい》に、立ってしまっていた。

私の全部を懸《か》けても、手に入らないものがあるとして。

それが、そうなのであると、事前に分かっているとして。

結局、すべてを懸けてみるまでは、その結果を得ることはない。

どれだけ熱い炎《ほのお》のような心で迫《せま》っても、分厚い壁《かべ》を隔《へだ》てた場所にある氷塊《ひょうかい》を溶《と》かすことはないと分かってる。

現実は、映画のような美しい物語じゃない。

それでも、私は、〝私の物語〟を意識してしまったから。

すべてを懸けても、手に入らなかったと分かることが、私に絶望をもたらすと分かっていても、それでも。

どうしても、私は、私の結末が欲しい。

ぐらぐらと揺《ゆ》れる彼の心に、触《ふ》れたかった。

それに触れて……少しでも波紋《はもん》を投《とう》じたのだと、その事実を噛《か》み締《し》めたい。

そして、その波紋が、いつか、私の「物語」になると……信じたい。


だから。

side
三島柚葉

1話 日常

拍子抜《ひょうしぬ》けするほどに、〝普通《ふつう》〟な日常が戻《もど》ってきていた。

いや、よくよく考えると、いつだって普通な日々だった。

会社へ行き、仕事が終われば家に帰り……ときどき、目当ての映画を観《み》に映画館に寄ったり。そんな毎日。

でも、その中に〝非日常〟を感じていた理由といえば、突然《とつぜん》、私の上司の日常に闖入《ちんにゅう》してきた〝女子高生〟の存在だった。

彼女が現れてから、私の上司である吉田先輩《よしだせんぱい》の生活は大きく変化していった。

その変化を見つめているうちに、なんだか、自分の生活すらもが変化しているような気がしていた。

でも、彼女が去って、いつも通りの日常が戻ると……それも、結局一過性のものだったような気もするのだ。……少なくとも、私の中では。

しかし、変わってしまったものが本質的な意味で〝元通り〟になるのには、得てして、時間がかかるもので。

「吉田、またぼーっとしてる」

「あ？　ああ……そうだったか？」

「ったく……最近ずっとそんな感じだね」

「なんだよ。仕事はちゃんとやってるだろ」

隣《となり》で炒飯《チャーハン》定食をつついている橋本《はしもと》先輩が、向かいに座る吉田先輩に呆《あき》れた視線を送りながらため息をついた。

「仕事だけが人生じゃないだろ。休憩《きゅうけい》中毎回そんなにぼーっとされたらこっちも絡《から》みにくいって」

「……まあ、確かに。すまん」

いつものように食い下がらず、素直《すなお》に頭を下げた吉田先輩を見て、ちらりと橋本先輩がこちらに視線を寄こしてくるのが分かった。私も思わず橋本先輩の方を向いてしまう。目を見合わせる、というやつだ。

最近の吉田先輩は、明らかに『ぼんやりと』していた。

仕事中は業務に集中しているように見えるけれど、こうして休憩の時間になると、どこか遠くを見つめるような目になり、何かを考えているようだった。

具体的に何を考えているのかは私たちには分からない。でも、〝誰《だれ》のことを〟考えているのかについては、明白だった。

橋本さんは、吉田先輩に早く元の生活の感覚を取り戻すことを推奨《すいしょう》しているように見える。私も、きっとその方がいいのだろう、とは、思っている。

でも……無理もないとも、思うのだ。

吉田先輩とサユちゃんは、半年以上も一緒《いっしょ》に過ごし、お互《たが》いの生活の中にお互いの存在を深く刻み込んだのだ。

吉田先輩にその自覚があったかは分からないけれど、彼は、サユちゃんのことを家族のように愛していたように見える。

そんな存在を突然失って、以前の生活を儀式《ぎしき》的になぞってみたとしても、きっと、胸の奥にぽっかり空いた穴はふさがらない。

「いい加減、忘れなよ」

橋本さんが、諭《さと》すようにそう言った。

吉田先輩はぴくり、と肩《かた》を震《ふる》わせてから、橋本さんを見る。

「……なんのことだよ」

吉田先輩は、平常を装《よそお》った声でそう言った。

しかし、その声の奥には、ひっそりと、「そんなことを言うな」という気持ちが潜《ひそ》んでいるように感じられて、私は少し胸が痛かった。

「分かってるでしょ。沙優《さゆ》ちゃんのことだよ」

橋本さんははっきりと言う。

あの、橋本先輩……と、口を開こうとしたけれど、なぜか、喉《のど》でその言葉がつかえた。

口の中の水分が一気に引いていくような感覚。

吉田先輩が、箸《はし》を置いて、ため息をついた。

「……仕事はちゃんとやる。というか、やってる。お前らに迷惑《めいわく》はかけないよ。だから……」

吉田先輩はそこまで言って、額に手を当てた。

そして、少し小さな声で、言った。

「当分、そっとしておいてくれ」

橋本さんが、隣で小さく息を吸い込む音が、私には聞こえた。

吉田先輩の声色《こわいろ》は、明らかに弱っていた。

それでも、それこそ〝いつも通り〟仕事はテキパキこなし、サユちゃんがいた頃《ころ》よりも残業も増えて、少しずつ彼の日常を取り戻そうと努力しているのだ。

橋本さんはきっと吉田先輩のことを思って言ったのだと思う。それでも、今の吉田先輩にとって、それは〝追い打ち〟だった。

「……分かった。悪い。僕も軽率《けいそつ》なことを言った」

橋本さんはそう言って、軽く頭を下げる。

「いや、大丈夫《だいじょうぶ》だ。俺も、分かってる。分かってるけど……」

吉田先輩は困ったように笑って、また箸を持った。

「難しいな」

口ずさむように発されたその言葉は、優《やさ》しい声色だったけれど、それだけに、妙《みょう》な重みをもっていた。

私には、家族以外の、〝大切な誰か〟というものが存在したためしがない。

そして、両親はもちろんのこと、その両方の親、つまり私のおじいちゃんおばあちゃんも存命だ。

自分が強いつながりを感じる人との別れ、というものを、体験したことがないのだ。

なんとなく想像をすることはできても、実感したことはない。

だから、今吉田先輩が感じている孤独《こどく》を慮《おもんぱか》ることはできても、本当の意味で共感することはできなかった。

私が直接吉田先輩の苦痛を取り除いてあげることはできないことが分かり切っていて、なんだか歯がゆかった。

きっと、橋本さんも、同じ気持ちなのだと思う。

難しい。

吉田先輩のその言葉が、すべてだと思った。

少し気まずい空気になった昼休憩。

口数少なく食事を終えて、私たちはまた、仕事に戻る。

せめて、仕事の面で彼に心労をかけぬよう、私は気を引き締め直して、ＰＣ画面と向かい合った。

＊

終業時間になると、独特の、緊張感《きんちょうかん》が緩《ゆる》むような空気感がオフィス内に漂《ただよ》う。

定時で帰る人は、「今日は終わり」と決め、その後にすることを考えるように、弛緩《しかん》した表情を浮《う》かべながら荷物をまとめ始める。

まだ仕事を続ける人たちも、一旦《いったん》の区切りを迎《むか》えた……というような様子で、席から立ち上がったり、伸《の》びをしたり……給湯室や喫煙所《きつえんじょ》に向かう人もちらほら。

そんな、すっかり緩んだオフィスの中で、吉田先輩は、まだ集中した様子で仕事をしている。

「お先。吉田もほどほどにね」

「おう。お疲《つか》れ」

橋本さんが荷物をまとめて帰っていくのに挨拶《あいさつ》を交《か》わしながらも、彼の視線はＰＣ画面に向かったままだ。

……最近、いつもあんな様子だ。

仕事をしていない時間はぼんやりとしているのに、仕事に取り掛《か》かっている時は何かに取りつかれたような集中力を見せている。

きっと、本能的に、彼は仕事に集中することを選択《せんたく》しているのだ。

仕事に没頭《ぼっとう》している間は、他《ほか》のことを考えずに済むから……。

「……」

少しくらいは息抜きをしたほうが良かろう、と、私は吉田先輩に声をかけに席を立とうとしたけれど。

それとほぼ同時に、視界の端《はし》に後藤《ごとう》さんの姿が映った。

彼女はつかつかと吉田先輩のデスクの方へ向かっていく。

私は浮かせた腰《こし》を、ゆっくりと元に戻した。

「吉田くん、ちょっといい？」

後藤さんに声をかけられ、吉田さんはようやくPC画面から視線をはずした。

「はい？」

その様子を見て、私はまたなんとも言えない気分になる。

もし私が吉田先輩の席まで行って、彼に話しかけたとして……きっと、彼は画面から目を離《はな》すことはなかったのではないか、と、思う。

「良かったら……この後ご飯でも食べに行かない？」

後藤さんが少し切り出しづらそうにそう言った。

いつもは吉田先輩をサラッとご飯に誘《さそ》っているけれど、最近の彼は「さすがの」後藤さんでも少しとっつきにくいほどのオーラを放っている。

さすがに、上司からの誘いは断らないだろう……と思い、私は二人から視線をはずして、業務日報をまとめる作業に戻《もど》る。これを書いたら、後は退勤するだけだ。

後藤さんに吉田先輩を独占《どくせん》されるのは腹立たしいけれど……この際、彼の気分転換《てんかん》になるのであればなんだっていい、という気もした。

「すみません。今日はちょっと」

吉田先輩のその声で、私は思わず再び二人を見てしまう。

「もう少しで区切りがつきそうなんで、そこまでやってから帰ります」

「………あら、そう。思ったより立て込んでるのね」

まさか断られるとは思っていなかった、というようなたっぷりの間の後に、後藤さんが頷《うなず》く。私も、まさか断るとは思っていなくて、驚《おどろ》いてしまった。

「残業に付き合わせるのもアレなんで、ご飯はまた今度にしましょう。せっかく誘ってもらったのにすみません」

吉田先輩《せんぱい》はそう言って、申し訳なさそうに頭を下げる。

丁寧《ていねい》に断られてしまい、後藤さんは少し戸惑《とまど》った様子を見せつつも、にこりと笑顔《えがお》を作った。

「いえ、いいのよ。また誘うわね」

後藤さんはそう言って、自分のデスクに戻るべく踵《きびす》を返した。

視線をはずすのが遅《おく》れてしまった私は、振《ふ》り返った後藤さんとばっちり目が合ってしまった。即座《そくざ》に目を逸《そ》らすこともできずにいると、後藤さんがこちらに向けて小さく肩をすくめて見せた。

それを見て、私も思わず苦笑《くしょう》を漏《も》らす。

つかつかと真横を通ってデスクに戻って行く後藤さんを横目に、私は再びキーボードに手を置く。

後藤さんも、私と同じように、彼にガス抜《ぬ》きをさせようという魂胆《こんたん》だったのだろう。しかし、思った以上に取りつく島がなく、ああして肩をすくめて見せたわけだ。

しかし、後藤さんも断られてしまったところを見ると、私が誘っても結果は同じだっただろう。

今日のところは諦《あきら》めて、業務日報を仕上げて、私も退勤を……。

と、そこまで考えて、キーボードを叩《たた》く手が止まった。

ちらり、と吉田先輩の方を見る。

彼はすでにPC画面を睨《にら》みつけて、仕事を再開している。

吉田先輩は「仕事がある」という言い訳を使って後藤さんの誘いを断ったわけだ。

つまり、その仕事が終わるまで待てば、なんとか押し切れるのではないか。

そう思い立ち、私は業務日報を途中《とちゅう》保存して、終業時刻になり閉じてしまったエディタを再び開いた。

私も、まだまだ仕事は残っている。

たまには、吉田先輩の残業に付き合ってもいいと思った。


吉田先輩がデスクから立ち上がったのは、定時の2時間後だった。

私は何度も給湯室へ行ったり、お手洗いに席を立ったり、お世辞にも集中しているとは言えない状況《じょうきょう》だったけれど、逆に吉田先輩は2時間もの間、一度も休憩《きゅうけい》を入れずに働いていた。信じがたい集中力だった。

吉田先輩がため息をついて荷物をまとめだすのを見て、私はつかつかと先輩のデスクへ寄っていった。

「吉田センパイ！」

「うわ、三島。お前も残ってたのか、珍《めずら》しいな……」

「今気付いたんですか……ずっといたのに」

彼が私に気付いていないことくらいは分かっていたけれど、露骨《ろこつ》に顔をしかめてみせる。

先輩は「悪い……」と言いながら首の後ろを掻《か》いた。

「吉田センパイ、この後暇《ひま》ですか？」

「え？　いや、帰ろうかと……」

「暇ですよね！」

押し切るように言うと、吉田先輩は困ったように視線をきょろきょろと動かした末に、

「まあ、予定は別にねぇけど……」と小さな声で答える。

「じゃあ！」

私は吉田先輩のビジネスバッグを取り上げた。

「あ、おい、なんだよ」

驚いたように私を見る吉田先輩。

言うことはすでに決めていた。

「レイトショーに行きましょう！」

2話 謙遜

電車に揺《ゆ》られながら、私と吉田《よしだ》先輩は随分《ずいぶん》長い間、無言だった。

レイトショーに誘うと、吉田先輩は大層渋《しぶ》ったけれど、「どうせ帰ってもやることないんでしょ！」「ネットサーフィンして寝《ね》るだけなら映画観《み》た方がお得です！」「そんなに嫌《いや》ならチケット代は私が奢《おご》りますから！」と、とにかく捲《まく》し立てると、観念したように首を縦に振った。

そうして、吉田先輩の最寄《もよ》り駅にある映画館に二人で向かっているわけだけれど……。

困ったことに、二人きりになると何を話してよいか分からなくなってしまった。

彼が普段《ふだん》通りの態度であるなら、仕事の話であるとか、最近あった他愛《たわい》のない出来事の話とか、いろいろ、こちらから話を振ることもできたのだろうが、なんだか、そういう話題を気軽に振る気にはなれない。

そんなことを考えながら、ふと吉田先輩の方を見ると、彼の視線もこちらに向いていて、ドキリとする。

「な、なんですか？」

目が合っただけだというのに、そんなことを訊《き》いてしまう。

「行くのはいいけどよ、なんか観たい映画でもあるのか？」

吉田先輩はそう訊いた。

なんだ、そんなことか、と私は苦笑を浮かべて答える。

「いつだって、観たい映画はありますよ」

私の答えに、今度は吉田先輩が苦笑を漏らす。

それから、「ほんとに映画が好きなんだな」と、しみじみと言った。

吐息《といき》混じりに呟《つぶや》かれたその言葉は、その奥に言葉以上の何かが籠《こ》もっているような気がして、気になった。

「映画好きなの、変ですか？」

私が首を傾《かし》げると、吉田先輩はぎょっとしたように首を大きく横に振った。

「まさか！　そんなこと思ってねぇよ。……むしろ、ちょっと羨《うらや》ましいくらいだ」

「え？」

吉田先輩はスッと私から目を逸らして、窓の外を見た。

遠い目をして、言う。

「ああ。俺、高校出てから、何かにハマったことってあんまないからさ」

その声は平淡《へいたん》だった。けれど、なんだか、少なくとも彼がそれを良しとしていないことだけは、分かった。

「高校の頃《ころ》は、野球、やってたんでしたっけ?」

私が訊くと、彼はおもむろに頷く。

「ああ、結構真面目《まじめ》にやってた。でも、あれもハマってたかと言われると、よく分からん。野球部に入部したから、当たり前のように頑張《がんば》ってた。結果を出して、部員とか、顧問《こもん》とかに褒《ほ》められるのが嬉《うれ》しかった」

思えば、こうして過去の話を吉田先輩から聞くのは初めてだと思った。知らず知らずのうちに、私は彼の話に聞き入っている。

吉田先輩は、自嘲《じちょう》的に笑ってから、言った。

「結局俺は、他人から評価されることでしか自分を満たせない、つまらん人間なのかもしれない」

ちくり、と胸が痛んだ。

吉田先輩はつまらない人間なんかじゃないですよ。と、そう言いたかった。

でも……同時に思うのだ。

私が一体、彼の何を知っているというのだろうか。

あくまで、会社の中にいる彼のことしか知らない。外での繋《つな》がりはほとんどなく、休日の彼を知ることもない。

もし、彼の生活を覗《のぞ》き見ることができたとして、もしかしたら私も、吉田先輩のことを「つまらない人間だなぁ」と、心から思ってしまうかもしれない。

それくらいに、話に聞く彼の生活は、淡々としていて、味気がない。

だとすれば、なぜ、私は、彼のことが好きなのだろうか。

私は、吉田先輩のことが好きなのではなく、あくまで……彼と自分を取り巻くあれこれに『物語』を見出《みいだ》して、それに恋《こい》しているだけなのではないか。

私が「そんなことはないですよ」と言わなくても、吉田先輩が戸惑ってこちらに視線をやるようなことはなかった。あの言葉は、あくまで彼自身の自責の言葉であって、私の反応など求めていないのだ。

少しばかり哀愁《あいしゅう》の漂《ただよ》うその横顔を見つめながら、私はぼんやりと昔のことを思い出す。

彼の部下になったばかりの頃。

「ダメだ、やり直し」

「やればできるじゃねぇか」

「お疲《つか》れ」


彼は、私のことを諦めなかった。

上司として、一人の人間として……私という人間に向き合ってくれたのだ。

彼が私に視線を向けてくれたシーンを思い返すたびに、胸がぎゅうと締《し》め付けられるような思いになった。

これは、恋だ。

理由など分からない。

それでも、恋だと分かった。

「仮に、センパイが、センパイの言うように……つまらない人間だとしても、それに救われる人はいるんじゃないですか」

私は「そんなことないですよ」なんていうその場しのぎの言葉の代わりに、そう言った。

吉田先輩《せんぱい》はきょとんとした表情で私を見る。

「サユちゃんがそうでしょ。吉田センパイじゃなきゃ、きっと、救えなかった」

そう。

一人の、胸の内に大きな傷を抱《かか》えた少女を、吉田先輩は救った。彼の生活を大きく変えて、時には他人のプライベートに踏《ふ》み入ってまで、彼女に手を差し伸《の》べ続けたのだ。

普通《ふつう》の『大人』にできることではない。

しかし、吉田先輩は再び自嘲的な笑《え》みを浮《う》かべて、首を横に振《ふ》った。

「……それもどうだろうな。助けてやれたのかどうかすら、分からない」

その言葉に、私は思わずムッとしてしまう。

「それは謙遜《けんそん》ですよ。北海道で頑張ってるんでしょ、彼女」

私が食ってかかるが、吉田先輩の表情は変わらなかった。

「でも、その未来に責任は持てない」

と、やけにきっぱりと言ってみせる。

私は思わず、鼻を鳴らしてしまった。

そういうところが、ヘンなんだって、どうして分からないんだ。

「自分の人生は、自分で責任を持つものです。サユちゃんも、もう少しで、そういうことが分かる歳《とし》になります」

誰《だれ》も、責任なんて求めてない。

ただ、手を差し伸べてもらう。それだけで……実際に助かるかどうかなんて関係なく、心が満たされてしまう人間がいることを、きっと彼は知らないのだ。

私がはっきりと言い切ると、吉田先輩は数度まばたきをしてから、苦笑《くしょう》した。

「今日の三島《みしま》は、よく喋《しゃべ》るな」

私は呆《あき》れて、肩《かた》をすくめてみせる。

「いつも喋ってます。吉田センパイは私の話全然聞いてないから」

「そうだったかもな」

吉田先輩がくすりと肩を揺らして、それから、また、窓の外に視線をやった。

会話がぱたりと止まり、電車ががたごとと車輪を鳴らす音がやけに大きく聞こえる。

私と、吉田先輩を、電車が運んでいく。

その終着点は、一体どこなんだろうか。

行き先の分からない気持ちになりながら、私は、吉田先輩の最寄り駅へと向かっていた。

きっと、サユちゃんも同じだったはずだ。

終着点の分からぬ電車を乗り継《つ》いで、こんなところまでやってきた。

そして、吉田先輩に出会い、自分の行くべき場所を思い出したのだ。

実家に帰っていった彼女が、私に対しても、未《いま》だにここまで存在感を放ってくること自体に、なんともいえない不快感を覚えた。

吉田先輩は、サユちゃんを救った。

だったら……。

私のことも救ってくださいよ。

呟きかけたくだらない言葉を、私は、飲み込んだ。

3話 レゾンデートル

『レゾンデートルの海』

私が観《み》たかったのは、そんなタイトルの邦画《ほうが》だった。

上映時間前に、手洗いを済ませ、ドリンクやスナックの購買《こうばい》列に並ぶ。

「三島《みしま》はウーロン茶でいいのか？」

吉田《よしだ》先輩があまりに自然に訊くものだから、私はぽかんとしてから、「はい？」と訊き返す。

彼はぽりぽりと頭を掻《か》いてから。

「ほら、前に行ったとき、結構熱心に飲んでたじゃねぇか……」

と言う。

私は、自然と顔の温度が高くなるのを感じた。

以前、吉田先輩と一緒《いっしょ》に映画に行ったときに、彼の買ったウーロン茶のストローを長時聞くわえていたことを思い出したからだ。

「きょ、今日は自分で買います！」

「いいよ、こうして連れ出されないと映画とか行かねぇし。お礼みたいなもんだ」

吉田先輩は首を振りながらそう言って、「で、何にするんだ」と続ける。

そうもきっぱり言われてしまうと、断りづらい。

最近、彼はなんというか、前よりも「こちらに言い訳を用意してくれる」のが上手《うま》くなった気がして、少しムカつく。

横髪《よこがみ》をいじりながら、「じゃあお言葉に甘えて……コーラで」と返した。

こういう、どうでもいいことをマメに覚えているところが、ずるいと思った。

伝わってほしいことには鈍感《どんかん》で、覚えていてほしいことは覚えていないくせに。

飲み物を買い終えると、ちょうど目的のシアターの開場を知らせるアナウンスが聞こえてきた。

「行きましょう」

「おう」

シアターに入り、横並びで席に座る。

まだ上映時間にはなっていないので、薄暗《うすぐら》いながらに、シアター内の明かりは灯《とも》っていた。

少し控《ひか》えめな音量で、映画館のマイレージカードの宣伝や、映画の予告編が流れているのを、私と吉田先輩は黙《だま》って眺《なが》めていた。

近くの席の若い男子二人は、小声で何かを喋っている。明かりが消えるまではいいけれど、上映中は喋らないでくれるといいなぁ、というようなことを考える。

映画館に慣れていなさそうな吉田先輩は、こういう時間に私に話しかけてきてもおかしくないと思ったけれど、ちらりと横を見ると、押し黙って、あまり感情の分からない表情でスクリーンを見つめていた。

明かりがゆっくりと落ちていき、上映中のマナーの映像が流れ出した。

まずはドンパチの激しい洋画から。だんだんと、今回観る映画の雰囲気《ふんいき》に近いしっとりとした邦画の予告へと移り変わる。

私は、興味のありそうなものと、そうでないものを脳内で選別しながら――ものによっては、予告の時点で少し泣きそうになりながら――それを見ていた。

ふと気になって横目で吉田先輩の方を盗《ぬす》み見ると、彼は依然《いぜん》として深く席に腰《こし》掛《か》けながら、ぼんやりとした表情で予告映像を見ている。

今、この人は何を考えているのだろうか。

普段は映画は観《み》ないという。であれば、「面白《おもしろ》そう」とか、「つまらなそう」とか、そういうことは考えていないのだろうか。

ひょっとすると今も仕事のことを考えているのだろうか。

それとも……北海道にいるサユちゃんのことでも、考えているのだろうか。

スクリーンを眺めている横顔を見ても、その瞳《ひとみ》の先に何が映っているのかすら分からない。それが、少し歯がゆかった。

再び上映中のマナーの映像が流れ、うっすらとだけついていた劇場内の明かりが消える。

配給会社の文字が大きく映し出され、おもむろに、映画が始まった。

レゾンデートルの海。

ユビキタス化が極致《きょくち》まで到達《とうたつ》し、すべての情報をデータとして受信できるようになった日本が舞台《ぶたい》だった。

すべてをデータ処理できるようになった世界では、物質もすべてデータとして処理される。白い壁《かべ》がある。白い壁は「私は白い壁です」というデータを送信している。人間はそれを受信して、「あれは白い壁だ」と認識《にんしき》する。

つまり、人間は、データを受け取り、それを処理する受容体にすぎなかった。

人間の感情も、データの発散として処理できる。データに対する対処、それだけでたいていのトラブルを解決できるようになった世界では、人々の争いは急激に減り、平穏《へいおん》な世の中が訪《おとず》れつつあった。

しかし、それでも犯罪が完全になくなるわけではなかった。平穏な世の中でゆるやかに狂《くる》い、他人に理解できないデータコードをまき散らし、他人を傷つける存在が、いつだっている。

そんな犯罪者を鎮圧《ちんあつ》する「治安維持《いじ》部隊」に所属している主人公は、不定形の、痛々しいデータを常に受け取っていた。

物質も、人の感情さえもデータなのだとしたら……一体、この人たちは何に狂い、どうしてこんなに歪《いびつ》なデータを製造し、まき散らすのだろうか。

主人公は犯罪者と関《かか》わるうちに、世の中を「情報」として処理することに疑問を覚え始める。

そして、いつものように出動要請《ようせい》があり、向かった先にいたのは……幼馴染《おさななじ》みの女性だった。

圧倒《あっとう》的な世界観の構築と、息を吐《つ》かせない展開に、私はついつい映像に見入ってしまう。

「私が今何考えてるか、分かる？」

「銃《じゅう》を捨てろ、茜《あかね》。お前こそ、何をしてるのか分かってるのか！」

「分からない。なんにも分からないよ。だから怒《おこ》るしかないんだよッ！」

幼馴染みの女性『茜』が吼《ほ》える。

「ねえ、私が考えてることを当ててよ……全部データなら、分かるでしょ」

「お前はおかしくなってる。だから、おかしなデータをまき散らして、銃を持って、皆《みんな》を困らせている。皆を困らせることで、怒っているフリをしてるんだ」

「フリじゃない！　私は怒ってる!!　この気持ちを、誰《だれ》も理解してくれないことに、戸惑《とまど》ってる！　おかしなデータってなに！　ひとの気持ちなんてデータじゃ分かりっこない。私がおかしいんだとしたら、みんなおかしいんだよ！」

発砲《はっぽう》する茜。その銃弾《じゅうだん》は主人公の太ももを貫《つらぬ》いた。ガクンと膝《ひざ》をついた主人公は、それでも負けじと茜を睨《にら》みつけた。

「痛いでしょ、人を傷つけたら血が出るんだよ。そのあたたかい血もデータ？　ただ人体から血が吐《は》き出されてるってだけの情報だっていうの！」

「傷つけたのはお前だ……お前のようなやつが、平穏なデータの海に、波風を立たせるん

「その『平穏なデータの海』に溶《と》け込んで、私たちは一体どこに行くのよ!!」

だ……ッ!」

私は、気づけば涙《なみだ》を流していた。

茜の切実な叫《さけ》びが、私の胸を締《し》め付けているのが分かった。

主人公が胸中でうめく。痛い。茜の発散するデータが、胸を締め付けた。痛い。

この痛みも、所詮《しょせん》はデータだ。

でも、だとしたら、これは一体「どういう」データだというのか。

膝を撃《う》ち抜《ぬ》かれ、人体が、自らを守るために身体《からだ》の異常を知らせる『痛み』とは、根本的に違《ちが》う。

直接胸を締め付けるこの痛みに、一体データとしてどんな価値があるというのか。

主人公は感情のデータを発散させる茜を見つめながら、戸惑っていた。

涙はどうして出るのだろう。

私も、考えたことがあった。

身体に痛みを感じた時、悲しみを感じた時、怒《いか》りを感じた時……その感情の発露《はつろ》として、涙が出る。出て欲しいと思っているわけでもないのに、溢《あふ》れてくる。

人間には、言葉がある。言葉で何かを伝えるというやり取りの上で、涙はノイズになることが多いと思った。

伝えなくてもいいことまで、相手に伝わってしまうからだ。

どうしてスクリーンの向こうの人物が泣いていると、私も泣けてくるのか。

どうして、胸が痛いのか。

そんなことを考えていると、ふと、隣《となり》から視線を感じた。

何かを考えるよりも先にそちらの方を向くと、吉田先輩《せんぱい》が私のことをじっ、と見ていた。

その目は、驚《おどろ》いたように見開かれている。

ぞくり、と、胸がきしんだ。そして、全身に鳥肌《とりはだ》が立つ。

私は、慌《あわ》てて涙を拭《ふ》いて、席に深く腰掛ける。気付けば、前のめりになって映画を観ていたのだ。

深呼吸をすると、胸の痛みは、スッと引いていった。

彼の視線は、明らかに「自分とは違う生物」を見る目だった。

彼はそんなつもりはなかったのかもしれないが、私にはそうだと分かってしまった。映画にのめり込みかけていた私の心が、凪《な》いでいくのが分かった。

結局、主人公は茜を撃ち殺せずに、彼女の逃亡《とうぼう》を許してしまう。
そして、太ももに受けた銃の傷の治りは大変遅《おそ》く、治安維持部隊としての職務を一旦《いったん》はずされることとなる。

完治後、主人公はリハビリを繰《く》り返すが、身体の機能は完治しているはずなのに、撃たれた右足が上手く動かせなくなっていた。

車椅子《いす》生活となった主人公は、治安維持部隊の職務とは別に、個人的に茜を捜《さが》し始める……。

茜を捜す旅の途中《とちゅう》で、主人公はさまざまな人間に触《ふ》れ、世の中のデータ化についてさまざまな角度から考えるようになるが……。

途中、何度も涙しながら、私は映画を観《み》ていた。
吉田先輩からの視線を何度も感じたが、もう気にしないことにした。
どのみち、この映画は私の感性に刺《さ》さりすぎていた。他人にどう思われようと、のめり込むことは避《さ》けられないと、諦《あきら》めた。

エンドロールが始まり、席を立つ人がちらほらいる中、私は黒い背景に白い文字が流れ続けるのを、ぼんやりとした瞳で眺めていた。

この時間が好きだ。

映画の余韻《よいん》に浸《ひた》りながら、少しずつ、現実に引き戻《もど》されていく感覚が、気持ち良かった。

しかし、邦画《ほうが》のエンドロールは短い。

数分のエンドロールを終え、ゆっくりとシアター内が明るくなった。

「ほら」

隣の吉田先輩がスッと私にポケットティッシュを差し出していた。

「めちゃくちゃ泣いてたな」

そういう先輩は、特に泣いた様子はなかった。

私は少し恥《は》ずかしい気持ちになりながら、ポケットティッシュを受け取り、目尻《めじり》の涙をふき取った。

「すみません、ありがとうございます」

「いや、大丈夫《だいじょうぶ》。持っとけよ」

吉田先輩は笑って、席から立ち上がる。
私もそれに続いて、おずおずと劇場を出た。

4話 唇

「なんか、すごく考えさせられる映画だったな」

映画館を出ると、吉田《よしだ》先輩がぽつりとそう言った。

私の脳裏《のうり》に浮《う》かんだのは「意外だな」という言葉だった。

私の中での吉田先輩は、映画を観《み》ても、人からつつかれなければそういう感想を言語化するタイプじゃないと思っていたからだ。

「面白《おもしろ》かったですか？」

私が訊《き》くと、吉田先輩は少しの間を持たせてから、おもむろに頷《うなず》く。

「面白かった。連れて来てくれてありがとう」

「い、いえ……楽しめたなら良かったですけど」

正面切ってお礼を言われて、私は少し気恥《きは》ずかしくなった。もごもごと返事をする。

ちらりと腕時計《うでどけい》を確認《かくにん》する仕草をする吉田先輩。

残業後に2時間もある映画を観て、かなり良い時間だった。

「もう、帰ります？」

私が訊くと、吉田先輩は虚《きょ》を衝《つ》かれたようにぴくりと肩《かた》を跳《は》ねさせてから。

「あ、いや……」

と言葉を濁《にご》した。

なんだろう、と思っていると。

「三島《みしま》、もう帰りたいか？」

と、彼は言った。

心臓が跳ねる。

「い、いえ！　別にそういうわけではないんですけど。でも、このあとすることもないですし……」

なぜかめちゃくちゃ早口になってしまいながら私がそう言うと、吉田先輩は数秒間言葉に迷うように視線を彷徨《さまよ》わせたのちに。

「ちょっと、話してから帰らないか？」

と言った。

「え……」

私は驚いてしまって、間抜けな声を上げて彼を見つめた。

吉田先輩は鼻の頭を掻《か》きながら、「ほら、お前も……こう、あの映画について、話したい事いろいろあるんじゃないかと思ってさ」と、心なしか小さな声で言った。

私は、胸の奥が熱くなるのを感じる。

映画が終わればハイおしまい！　解散！　となると思っていたのだ。

「はい、そうしましょう！」

元気よく答える。

今日の吉田先輩はなんてサービス精神旺盛《おうせい》なんだ……。

二人で近くの喫茶店《きっさてん》に入り、各々《おのおの》の好きな飲み物を頼《たの》む。

それだけのことなのに、なんだかとてもウキウキした。

「人の感情もデータ化される世界……って設定さ」

ウェイターがどこかへ行ったのを見て、おもむろに吉田先輩が話し出す。

まさか、先輩の方から映画の話をし出すと思わず、私は心の中でたいそう驚きながら、しかし。

彼の言葉に耳を傾《かたむ》けた。

「そんな世界だったらラクなんだろうな、って……最初は正直、思ったよ」

　続いて発せられたその言葉に、私は少し胸がちくりと痛むのを感じた。……でも、同時に、吉田先輩ならそう考えるのも納得《なっとく》かもしれない、と、思う。

　胸が痛んだのは、「そんな考えをする人はつまらない」という気持ちがあったからだ。

「俺は多分、人の気持ちを察する能力が、ものすごく欠如《けつじょ》していると思う」

　吉田先輩は、苦笑《くしょう》混じりにそう言った。

「状況《じょうきょう》でしか物事が考えられなくて……そのくせ、自分にとっての『正しいこと』に対するこだわりは強くて……多分、これから歳《とし》を取ったら、どんどん、所謂《いわゆる》『老害』ってヤツになってくんじゃないかなって思うんだよ」

「そんなこと……」

　そんなことはないでしょう、と、私が言おうとするのを、吉田先輩は手を振《ふ》って遮《さえぎ》った。

「俺は、そう思う。だから……そうならないようにしたいんだよな」

　彼は静かにそう語ってから、笑う。

「そう考えると、あの映画……めちゃくちゃ考えることが多くて、なんかこう……上手《うま》く言えないけど、今の俺にめちゃくちゃ刺さる内容だった」

「そう……ですか。それは良かった」

私は、なんと答えたらよいか分からず、曖昧《あいまい》な相槌《あいづち》を打つ。

「でも、なんかさ、これだけ『ためになった』って言いながら……」

吉田はそこまで言って、何かを言いづらそうにしていた。

私は首を傾《かし》げる。

「なんですか？」

「いや、その……」

吉田先輩《せんぱい》は言い淀《よど》む。

なんとなく、彼の言わんとしていることが分かる気がした。

前半山場で、私が涙《なみだ》を流していたのを見た時の、吉田先輩の表情。

あの痛々しさが思い出されて、私は胸の奥に鋭《するど》い痛みを感じる。

「いいですよ、言ってください」

笑顔《えがお》を作って促《うなが》すと、吉田先輩は観念したように頷いて、言う。

「やっぱり俺は、お前みたいに……あんなに泣いたり、苦しそうにしたりしながら映画を観ることはできなくて……なんか……お前との差を感じたよ」

分かっていた言葉だった。

けれど、私にとってそれは……彼との価値観の断絶を意味していた。

胃のあたりにドスンと打ち込まれた絶望を誤魔化《ごまか》すように、大げさな身振《みぶ》り手振りをつけながら、明るく振る舞《ま》う。

「いやいや、大げさですよ、吉田センパイ。私が涙もろすぎるだけで……！」

「いや、そういうんじゃないだろ」

吉田先輩は笑って、首を横に振る。

「お前はさ……あの物語を、ちゃんと、『自分の物語』として受け止めてるんだな、って……思った」

彼の言葉に、私は上手《うま》く言葉が出なくなる。

そうだ。

映画は、私の物語ではない。

「それに比べて、俺は……なんか、『考えさせられるなぁ』とか思いながらも、どっか他人事《ひとごと》みたいに、あの映画を観《み》てた」

先輩は、まるで反省するような口ぶりで、そう言った。

身体《からだ》から火が出るような感覚に苛《さいな》まれる。

別に、彼が反省するようなことじゃない。

「そ、それって！　普通《ふつう》のことじゃないですか？　私が感情移入しすぎなだけで、吉田センパイみたいな受け止め方が普通なんじゃないかな」

脳裏には、過去に後藤《ごとう》さんに言われた言葉が響《ひび》いていた。


『三島さんって……いろんなことに感情移入しちゃって、大変そうね』


分かっていた。

私の物語は、私の人生にしかない。

なのに、私はその無味乾燥《むみかんそう》な人生から目を背《そむ》けて、世界中の、私以外の物語ひとつひとつにうつつを抜《ぬ》かしている。

後藤さんから指摘《してき》されたことを、改めて吉田先輩から指摘されたような気持ちになり、とても居心地《いごこち》が悪くなった。

そんな私の心情をよそに……彼は、おもむろに言った。

「俺は……お前が羨《うらや》ましいよ」

その言葉に、私はぶわりと、全身に鳥肌《とりはだ》が立つのを感じた。

「な、なんですかそれ……」

「え？」

思わず、険のある声が出てしまう。吉田先輩は目を丸くして私を見た。

「私だって……私だって、吉田センパイが羨ましいですよ」

気付けば、そう口にしていた。

心のどこかで「まずい」と思ったけれど、止まらなかった。

「吉田センパイは、自分のこと『つまらない人間だ』とか言いながら、いろんな人の人生に深くかかわって、何かを変えていってるじゃないですか」

「え、いや、そんなことは……」

「ありますよ！　サユちゃんのことを助けて、後藤さんのことを惚《ほ》れさせて、私だって……ッ！」

そこまで言って、ハッとする。

先輩《せんぱい》は、理解が追いつかない、というような顔で私を見ている。

「三島だって？」

彼は、ぽかんとした表情のまま、首を傾げた。

「私だって……」

その続きの言葉を言おうとして、全身がぶるりと震《ふる》えた。

私は、今、何を言おうとしている？

考えるよりも先に、言葉が出る。

「こんなに……苦しんでるのに……ッ！」

「え？」

吉田先輩の表情がぴくりと変わるのを見て、サッと血の気が引くのを感じた。

こんなことを言いたいわけではなかった。そういうつもりじゃなかった。

でも……きっと、私は、本当に、苦しいのだ。

それを自覚した途端《とたん》に、いても立ってもいられなかった。

「ご、ごめんなさい……私……ッ！」

慌《あわ》てて立ち上がり、早足で喫茶店の出入り口へと向かう。

「あ、お、おい……ッ！」

背後で、吉田先輩が椅子《いす》を引く音が聞こえた。それからウェイターを呼ぶ声も。

「すみません、お会計……！」

背後で先輩が店を出る準備をしているのが分かる。

涙が出そうになるのをこらえながら、私は惨《みじ》めな気持ちで店を出た。

このまま帰ってしまおうか……とも思うものの、そこまでの思い切りはない。

吉田先輩が店から出てくるころには、表情を整えられるように胸のざわつきを必死で抑《おさ》える。

「ど、どうしたんだよ、突然《とつぜん》……」

店を出てきてすぐに、吉田先輩は私の背中に声をかける。

どう答えたものか、上手く胸の内を表現できずに、私は彼の方をゆっくり振り返りながら、つい、意地悪な言葉を出力した。

「感情がデータで処理できる世界だったら、良かったですよね」

吉田先輩の表情が、悲しそうなものに変わった。

最低だ。

こんなことを言えば彼が傷つくことは分かっていた。だというのに、結局口に出してしまって、それによって彼が悲しい顔をするとたちまち自分も傷ついたような気持ちになってしまうところが、馬鹿《ばか》で、ずるくて、最悪だった。

「ご、ごめんなさい、せっかくカフェに誘《さそ》ってくれたのに……今日は帰りますね」

私は吉田先輩から逃《に》げるようにそう言って、駅の方へ向かおうとした。

しかし、腕《うで》を後ろから力強く掴《つか》まれる。

「三島ッ！」

「な、なんですか……」

ぐい、と腕を引かれ、彼の方へ向き直らされる。

そこには、私の想像を超《こ》える真剣《しんけん》な顔があって、たじろいだ。

「何か傷つけてしまったなら、本当にごめん。正直、お前がなんで傷ついたのか分からない。それを分からずに謝られても嫌《いや》かもしれないが……それでも、ごめん」

そう言って、頭を下げる吉田先輩。

……どうして。

胸の中で何かが弾《はじ》けるのを感じた。

湧《わ》いてきたのは、怒《いか》りだった。

「…………どうして」

「え？」

自分は何かまずいことを言おうとしているんじゃないのか。

一瞬《いっしゅん》心の中で自分の言葉にストップをかけようとする理性が働いたような気がした。

でも結局、激情に駆《か》られるように口を開いていた。

零《こぼ》れだす言葉を、止めることができない。

「どうしてそう、いつもいつも……あなたは、『主人公』なんですか……？」

価値観が違《ちが》う。何もかもが私と違う。

私の思う「つまらない人間」を形にしたような人間が、吉田さんだ。

だというのに、彼はいつも主人公みたいな顔で私の前に立つ。

私は、まんまと『私の物語』の〝ヒロイン〟になってしまう。

私が好きな要素なんてなんにも持ってないくせに、私のことをコロッと惚れさせてしまう魔法《まほう》を、彼は使うのだ。

私は、私の物語になんて興味がないのに……吉田さんを前にすると、どうしても、その舞台《ぶたい》に引きずり下ろされてしまう。

「そうやって、無自覚に私のヒーローになって、どうしたいんですか……ッ!」

「いや、そんな、俺は……」

「あなたはひどい、自分ではなんにも考えてないくせに、私のことばっかり……周りのことばっかり、こんな気持ちにさせて……ッ!」

「み、三島……」

好き勝手な言葉を、発散した。止めることができなかった。

分かっている。こんなのは八つ当たりでしかない。

彼が私を「否定しない」ことは、彼が私に「興味がない」ことと同義なのだと、知っている。知っているからこそ、私は彼に「否定されない」ことに、安らぎと同時に不満を感じている。同時に複数の気持ちが主張して、エラーを起こしている。

今、吉田先輩の目には、私は「歪《いびつ》なデータを吐《は》き出している人間」に見えているのだろうか。

「あなたと会ってから、私の人生めちゃくちゃなんですよ……ひとの物語だけで私は満足だったのに……なのに、どうして勝手に、『私の物語』に入ってきて、話を進めるんですか!!　やめてくださいよ、苦しいんですよ、迷惑《めいわく》なんですよッ!!」

叫《さけ》ぶようにそう言ってから、涙《なみだ》が零れそうでちらちらと滲《にじ》む視界の中で、吉田先輩《せんぱい》を睨《にら》みつけた。

先輩は、何も分からない、というふうに、ただただ、困惑《こんわく》している様子だった。

無性《むしょう》に、腹が立つ。

「まだ分からないんですね……」

私は泡立《あわだ》つ脳みそと、その中で渦巻《うずま》く激情を制御《せいぎょ》できずに、吉田先輩へとつかつかと近寄る。

そして、ぐい、と背伸《せの》びをして。

「……ッ!?」

吉田先輩の唇《くちびる》を奪《うば》った。

先輩は目を白黒とさせて、数秒、動かなかった。

初めての感覚。

吉田先輩の唇は表面がかさかさしているのが分かって、でも、柔《やわ》らかかった。

唇を合わせると、自分の唇の柔らかさも分かって、えも言われぬ気持ちになる。

ただ、不思議と、ドキドキする……というような少女めいた気持ちはなかった。心は、悲痛に叫んでいる。

胸が痛かった。

ゆっくりと吉田先輩から離《はな》れる。

「……これで分かりましたか？」

私は吐き捨てて、吉田先輩を睨みつけた。

「み、三島……お前……」

愕然《がくぜん》としたように私を見つめる吉田先輩。

キスをされてそんな顔をするやつがあるか、と、思う。

「……どうして」

小さく、呟《つぶや》く。

「どうしてこんな人、好きになっちゃったんだろ……」

私がそう言うと、吉田先輩の表情が苦しそうなものに変化した。

自分でも驚《おどろ》くほどに、するりと口をついた言葉。そして、それがあまりにも「取り返しのつかない」ものであると、理解した。

「……ッ！」

さっきまではするすると言葉が出てきたのに、放ってしまった言葉に対する言い訳は一言も浮《う》かんでこなくて。

私は何も言えないまま、先輩に背を向けて、駅へと歩き始めた。

少しずつ小走りになり。

気づけば、走っていた。

吉田先輩の方を振《ふ》り返ることはできない。

彼が再び私の腕を摑むこともなかった。

走ると夜風が頰《ほお》に当たり、少しずつ、興奮した思考が正気を取り戻《もど》していくのを感じる。

「最低だ……」

視界がゆがみ始めるのを感じながら、私は奥歯を嚙《か》みしめて、涙をこらえた。

泣く権利なんて、ない。

「最低だ……ッ！」

熱い息が漏《も》れる。

脳内に、『レゾンデートルの海』のセリフが劇場で聴《き》くような大音量で鳴っていた。

『お前はおかしくなってる。だから、おかしなデータをまき散らして、銃《じゅう》を持って、皆《みんな》を困らせている。皆を困らせることで、怒《おこ》っているフリをしてるんだ』

「うるさい……！　私は……ッ！」

私は、本当に、怒ってるんだ！

心の中で叫びながら、どこに向けたらいいのか分からない怒りと悲しみを反芻《はんすう》させ、とにかく足を前に出す。

改札を抜《ぬ》け、電車のホームに立った頃《ころ》には、激しい怒りは消え、ただただ悲しみだけが胸に取り残されていた。

私は一体、何をしているんだろう。

悔《くや》しさからか、虚無感《きょむかん》からか、もはやどこから来るか分からない「泣きたい」という感情を抑えつけながら、私は家に帰る。

明日《あした》から、どんな顔をして吉田先輩と会えばいいのか、分からなかった。

side
吉田

5話 鈍感

キス、という行為《こうい》が俺の人生から姿を消してから、すでに10年弱経《た》っていたものだから、それを『会社の後輩《こうはい》』から突然《とつぜん》された瞬間《しゅんかん》に、頭が真っ白になる感覚があった。

俺の中で、キス、というものは。

好きな相手に、好意を伝えるもので、場合によってはそれ以上の愛情表現に繋《つな》がっていくこともあって……つまるところ、恋仲《こいなか》になりたい相手、もしくは恋仲同士でするものだ、という認識《にんしき》だった。

三島《みしま》はそんな行為をしてみせて、「これで分かりましたか？」と、言った。

「み、三島……お前……」

たいそう混乱しながら、必死に声を絞《しぼ》り出す。

三島は俺の表情を見てさらに傷ついたような顔をして……小さな声で言った。

「どうしてこんな人、好きになっちゃったんだろ……」

その言葉で、明確に理解する。

三島は、『異性として』俺のことを好きだったと、言ったのだ。

好かれていたという事実と、そのことを今彼女が後悔《こうかい》しているという事実。その両方が急にのしかかってきて、言葉が出なかった。

それから何も言わずに俺に背を向けて早足で去っていく三島を追うこともできない。

ただただ、立ち尽《つ》くしていた。

三島の背中が見えなくなり、もう戻《もど》ってくる気配も感じられなくなった頃《ころ》に、ようやく俺の身体《からだ》は動き出す。

とぼとぼと、自宅の方へ足が向いた。

いつもなら、三島を追いかけて、もう一度謝ろうと思っただろう。でも、今は、彼女を追いかけて何をしたらよいのか分からなかった。

謝るといっても、何を謝れば良《い》いというのか。

俺は根本的に、彼女と俺との関係を勘違《かんちが》いしていたということだ。

夜風がびゅう、と吹《ふ》き、近くを通った人が「寒……」と呟《つぶや》いた。俺は、胃のあたりがツンと冷えたような感覚に囚《とら》われていて、風の冷たさを余り感じられない。

内臓は冷たいのに、体表は妙《みょう》に熱くなっているような気がした。

俺にとっての『三島柚葉《ゆずは》』という女性は……手のかかる後輩で、でも、俺を取り巻く人間関係においては俺よりもずっと冷静なヤツで……。

考えれば考えるほど、『それだけ』だった。

少しずつ距離《きょり》が縮まっている実感はあった。しかし、それも俺から行動をしたわけではなく、三島からグイグイと近づいて来てくれたから起こった変化だ。

そのすべてが、彼女の『恋愛《れんあい》感情』から来るものだったのだとすれば、俺は今まであまりに、何にも気付いていなかったということになるのではないか。

『どうしてこんな人、好きになっちゃったんだろ……』

三島の言葉が思い起こされて、苦しくなった。

そんなの、俺が訊《き》きたいくらいだ。

あまりに、寝耳《ねみみ》に水だったのだ。

俺は、俺のことを好きになる人がいるだなんてことを、本気で信じられたためしがない。

高校生の頃の恋愛は、相手の好意を信じられず、無言で去った彼女のことを追いかけることもできず、ただただ無力感だけを抱《かか》えて終わった。

大人になってからの恋愛は……未《いま》だ、相手の気持ちを信じられていない。好きだけど、まだ付き合おうとは思わない。そんな言葉を心から信じられるほど、他人の好意に期待していなかった。

それもこれも、すべて……俺自身の人間的な魅力《みりょく》のなさを自覚しているからこそ、だ。社会人になってから仕事に明け暮れ、それ以外のことをしてこなかった。趣味《しゅみ》らしい趣味もなく、他人に与《あた》えられるものなど何もない。

沙優《さゆ》と出会い、彼女を実家に帰し、少しは自分の生活や生き方について見つめ直すことができたとはいえ……根本的に本質が変わったとは思えない。

俺は俺の生き方と少しずつ向き合いながら、これからも生活していくのだ……と、ようやく腹をくくり始めていたのに。

そんな俺のことを、三島は「好き」だというのだ。

積極的に関《かか》わりに来てくれたのも、途中《とちゅう》から仕事を頑張《がんば》るようになったのも……すべて、その恋愛感情と結びついていたのだとしたら、おかしい話ではない。

それでも、俺にとってはあまりに『突然のこと』だった。

それに、やはり考えれば考えるほど、俺が三島に好かれる理由が分からなかった。

沙優が来る前、三島が俺の部下になったばかりの頃は、それこそ俺は三島から確実に煙《けむ》たがられていたはずだ。

そこそこに仕事をこなし、ミスをしても「すみません、やり方が分からなくて〜」とへらへら受け流そうとする三島を、俺は徹底的《てってい》に逃《に》がさなかった。

俺のチームの中にいるならば、「できない」では済まさせない。できるようになるまで絶対に許さない……と、口うるさく彼女にやり直しを要求していた。

そんな俺に、三島は「すでに頑張ってるのにさらに頑張ったら、いつかは死んじゃいます」と言ったのをよく覚えている。そういう考え方をする彼女であれば、俺のあの指導は鬱陶《うっとう》しくて仕方なかったのではないか。

そして、沙優を家に置くようになり、それが三島にバレてからは、今度は俺が彼女に怒《おこ》られることが増えたように思う。

後藤《ごとう》さんのことが好きだと言いながら沙優を家に置き続けていることに言及《げんきゅう》されたのが印象深い。

『結局、吉田《よしだ》センパイの中での優先順位はどうなってるんですかってことです』

三島の言葉が思い返される。

思えば、いつもあいつは冷静で、俺と沙優のことについて、客観的な意見を投げかけてきていた。

そしてそんな時、いつもあいつは苛《いら》ついて見えた。

沙優を助けると言いながら後藤さんとメシに行ったり、逆に、後藤さんと距離が近づいたのに沙優にも手を差し伸《の》べ続ける俺を見て……三島はきっと、「どっちつかずだ」と苛つきを覚えていたに違いない。

こういう考えも彼女からしてみたら「俺のフィルターでしか見ていない」ということになるのかもしれない。

でも、いくら考えても、そうとしか思えなかった。

三島が俺のことを好きになる理由が、本当に分からないのだ。

そして、三島が俺のことをそんな風に見ていたのを知らなかったのと同時に、俺も、当たり前のように彼女を『ただの後輩』としか思っていなかった。

あんな風に悲痛な表情で告白をされたとしても……それに応《こた》えることはできない。

おそらく、三島も、それは分かっていると思った。

それでも、言わずにはいられなかったということなのか。

だとすれば、俺はどれだけ彼女のことを苦しめ続けていたのだろう。

唐突《とうとつ》に、そして致命的《ちめいてき》に。

俺と三島の間の何かが変わってしまったような感覚があった。

いつも軽口を言いながらも、なんだかんだで俺のことを気遣《きづか》ってくれる、優《やさ》しい後輩。

そんな三島を仕事の上では叱《しか》りながらも、俺自身、どこか救われていた。

でも、そのすべてが彼女の恋愛感情の上に成り立っていたのだとしたら、これからの俺と三島はどうなってしまうのだろうか。

俺の鈍感《どんかん》さがこれを招いてしまったのだとしたら、俺はどうやって彼女に対してけじめをつければいいのだろうか……。

考えれば考えるほど、答えが見えなくなっていく。

もう一度、強い風が吹いた。

今度は、身震《みぶる》いをしてしまう。身体がすっかり冷えているのが分かった。

一度寒さを意識すると、身体が小刻みに震え出した。

「………ッ！」

ぶるり、と身体を震わせて、先ほどまでより早足で歩く。

その間も、ずっと三島のことを考えていた。

明日《あした》から、俺はどんな顔をして彼女と関わって行けば良いのか、分からなかった。

6話 自炊

「あ！」

「あ？」

三島《みしま》のことをぐるぐると考えながら自宅まで帰ってくると、家の前でばったりと、顔なじみと鉢合《はちあ》わせた。

「今日遅《おそ》くない？　残業？」

「……何してんだ、こんな時間に」

「とりま、入れてよ」

家の前に立っていたのはあさみだった。

沙優《さゆ》の東京でできた初めての友達。

今日は制服姿ではなく、黒いワンピースにすっぽりと身体を通して、その上にベージュのカーディガンを羽織っている。髪色《かみいろ》に似合わず、私服は妙に大人っぽい落ち着きのあるものだった。

「何か用か?」

俺が訊くと、あさみはムッと唇《くちびる》を尖《とが》らせる。

「だから、とりあえず入れてってば!」

「……まあ、いいけどよ」

正直、それどころじゃない、という気持ちが強かった。

しかし、あさみがこんな時間にうちを訪ねてくるなんてことは、沙優が実家に帰ってからは一度もなかった。

何か事情があるのであれば、無下にもできない。

玄関《げんかん》の鍵《かぎ》をガチャリと回し、ドアを開けると、あさみは俺よりも先にスッと部屋に入った。

「お邪魔《じゃま》しまーす」

何か事情があるにしては、あさみは明るい様子だった。

俺も続いて部屋に入り、鍵を閉め、靴《くつ》を脱《ぬ》ぐ。

「やー、やっぱ吉田《よしだ》っちの家は落ち着くねぇ」

さっさと居室に入って、俺のベッドにぼすんと座るあさみ。

俺はジャケットを脱ぎながら、彼女を横目に見た。

「で、どうしたんだよ」

「……やー」

あさみは苦笑《くしょう》を浮《う》かべながら、首を横に振《ふ》る。

「大したことじゃないんだけどさぁ」

「じゃあ帰れ」

「ちょ、そりゃなくない!?　今日の吉田っち、なんかいつもの倍増しで冷たい気がするんですけど！」

「なんかあるなら話せ」

ジャケットをハンガーにかけながらそう言うと、あさみは少し怯《おび》えたように俺を見た。

「……なんか、怒ってる？　タイミング悪かった？」

あさみの表情が、どこか俺を気遣うようなものに変わったのが分かった。

きゅ、と心臓が痛む。

女子高生に気を遣われて、どうする。

ゆっくりと息を吐《は》いて、かぶりを振る。

「いや、悪い。ちょっと疲《つか》れててな……とにかく、どうしたんだよ。沙優が帰ってから、こんな時間に来たことなかったろ」

努めて険のない声色《こわいろ》で、訊《たず》ねる。

あさみは数秒間、なんとも言えぬ表情で俺を見つめてから、小さく息を吐いた。

「いや、ほんと大したことじゃないんだけど……いま両親が超喧嘩《ちようけんか》しててさ」

「ああ……」

あさみが俺に話したことはないが、彼女は家で居心地《いごこち》の悪さを感じているのだろうということはなんとなく想像がついていた。

沙優があさみと過ごしていると楽しそうなのと同じように、彼女も、沙優と一緒《いっしょ》にいるときはとても楽しそうだったのだ。

気が合う、というだけでは説明がつかないほどに、あさみは沙優がいる間は、かなり俺の家に入り浸《びた》っていた。

「お母さん、ヒステリックになるとすごくて。花瓶《かびん》とか投げ出しちゃってさ」

「そりゃ、とんでもないな……怪我《けが》とかしてないか？」

「ん、大丈夫《だいじようぶ》。でもちょっとあの空気に耐《た》えられなくて」

「で、こっそり出てきたわけだ」

「そーいうこと。ごめんね、急に来て」

そういうことであれば、頼《たよ》れるのは俺くらいなのも納得《なっとく》だ。単純に、家が近い。あさみも女子高生だ。この時間に電車に乗ってどこかに行くのも、街をぶらぶらするのも、危険だった。

「ま、数時間経《た》ったら帰るからさ。ウチにはお構いなく～って感じで………」

彼女は笑顔《えがお》を作ってそう言ったが、言葉の途中《とちゅう》で「ぐうう」と大きな音で腹が鳴った。

みるみるうちに、あさみの顔が赤くなっていく。

「……メシ、食ってないのか？」

俺が訊《き》くと、あさみは恥《は》ずかしそうに口元を覆《おお》いながら、こくんと頷《うなず》いた。

「実は夕食前から二人で言い合いしててさ……ご飯食べる空気じゃなくなっちゃって」

「なるほどな」

話を聞きながら、俺の意識は冷蔵庫の方へ向く。

ちょうど、昨日買ったもも肉と卵があったはずだ。

炊飯器《すいはん》のフタを開けると、ちょうどよく残り一食分ほどの白米が残っていた。

「よし、作ってやるからちょっと待ってろ」

シャツの袖《そで》をまくりながら言うと、あさみは目を真ん丸にして俺を見た。

「吉田っち、料理できんの！！！」

今日一大きな声でそんなことを言われて、思わず笑ってしまう。

「まあ、できるってほどじゃねえけど。沙優が帰ってからは、ちょっとはやるようにしてんだよ」

「偉《えら》すぎじゃん!! めちゃエラ男じゃん!!」

あさみがベッドからぴょん、と立ち上がって、いそいそと近くに寄ってくる。

「何作ってくれんの？」

「なんか、テキトーに」

「それ料理できる人の台詞《せりふ》じゃん……料理初心者がテキトーに作って大丈夫なん？」

「うるせぇな。そっちで待ってろよ」

「えー、せっかくだから隣《となり》で見てるし！」

あさみは上機嫌《じょうきげん》だった。

本当に、それどころじゃないんだけどな……と、思ってすぐに、ここ数分は三島のことを考えていなかったことに気が付く。

「……はは」

「ん？ なんぞ」

「いや、なんでも」

つくづく、あさみという女の子は、その場を掌握《しょうあく》してしまう力があるな、と思った。

そして、今回ばかりは、それに助けられた。

気を取り直して、冷蔵庫から鶏《とり》もも肉と、卵一個を取り出した。

フライパンを火にかけ、あたたまってきたのを確認《かくにん》したら、ごま油を数滴《すうてき》垂らす。

もも肉を半分くらいの大きさに切って、残りはパックに戻《もど》して、冷蔵庫にしまった。使う方のもも肉を、一口大に切っていく。

「おー、なんかサマになってんねぇ」

あさみが興味津々《きょうみしんしん》な様子で俺の手元を覗《のぞ》いていて、なんだか少し緊張《きんちょう》した。

フライパンに油が馴染《なじ》んだのを確認して、もも肉をそこに投入する。

ジュワッ！　という音と共に、鶏肉の表面が少しずつ白くなっていく。

「吉田っちさぁ」

フライパンを覗き込みながら、あさみが口を開く。

「今日、なんかあった？」

その質問に、俺はどう答えて良《い》いか分からずに、無言で、フライパンの上のもも肉を菜箸《さいばし》でいじった。焼けていない面を下にするように、ころころと動かす。

「家の前で会った時の顔、すごかったよ。死にそうなくらい思い詰《つ》めてる感じ」

「なんだそりゃ。死にゃしねぇよ」

「でも思い詰めてた」

あさみの視線が、俺の横顔に刺《さ》さっていた。彼女の方に顔を向けられない。

「沙優チャソ帰ってから、あんな顔してるの初めて見た。なにかあったんでしょ？」

「なんにもねえよ」

「嘘《うそ》！　なんもなしにあんな顔しないって！」

あさみが語気を強めるが、俺は何も言えなかった。

正直、人に話すべきことだと思えなかったからだ。

後輩《こうはい》の女の子に告白されて、どうしたらいいか分からない。

こんなことを、女子高生に相談してどうしようというのだ。それに、三島からしても、まさか告白した当日に、知らない女子高生に相談されているとは夢にも思うまい。そんな軽薄《けいはく》なことをできるはずもなかった。

「……言いたくない、ってことね」

俺が答えずにいると、あさみはぽつりと言って、それ以降は何も言わなかった。

鶏肉に十分に火が通ってきたのを確認して、俺は卵の殻《から》を割り、中身をフライパンに入れた。本当は事前にお椀《わん》か何かで卵をしっかりと溶《と》いておく必要があるのだが、このまま

入れてフライパンの上で溶いてもなんとかなるので、はしょってしまった。

箸をフライパンの中でぐるぐると回すと、黄色と白色のマーブル模様がフライパンに出現する。

卵と鶏肉が馴染んだら、醬油《しょうゆ》と少しのめんつゆで味付けをして……。

「よし……」

食器棚《だな》から小ぶりなどんぶりを取り出して、そこに炊飯器に残っていた白米をよそう。

そして、その上に、フライパンで作った「卵と鶏肉の炒《い》りもの」を載《の》せた。

「ほれ」

「わー、めっちゃ美味《うま》そう！」

「テキトーだけどな」

「こういうの、あんま食べないからさぁ」

あさみはそう言って、嬉《うれ》しそうに俺からどんぶりを受け取った。

いそいそと居室のローテーブルに向かうあさみ。俺は棚から箸を取り出して、彼女に渡《わた》した。

「いただきまーす！」

「おう」

あさみは箸で白米と、その上の卵と鶏肉を上手に持ち上げて、ぱくりと口に運んだ。

そして、すぐに、目をキラキラと輝《かがや》かせた。

「んま〜〜!!　吉田っち天才じゃね!?」

そう言って、あさみは俺の肩《かた》をばしばしと叩《たた》く。

「いいから食えよ。冷めるぞ」

「こんなん無限に食えるっしょ、マジで」

大して手間のかかった料理でもないのに、あさみがここまで喜んでくれると、俺もなんだか嬉しい気持ちになった。

ただ、このレシピは、俺が自分で思いついたわけでも、調べて知ったわけでもない。

「沙優が、料理レシピノートを置いて行ってくれたから。それ見て、たまに、作ってみてるだけなんだよな」

俺がぽつりと言うと、あさみはゆっくりと箸を置いて、それから、くすりと笑った。

「そんなん知ってるし」

「え？」

「前に来た時、机の上にノート置きっぱになってたもん。やっぱ沙優チャソはマメだよね」

「……ああ、本当にな」

沙優のレシピノートは、本当に分かりやすかった。調味料の分量なども、初心者を困らせる「適量」という言葉は一切《いっさい》使わずに、すべて決まった量で指定されていた。

最初の頃《ころ》はしっかりそれを量って作っていたが、だんだんと同じレシピを作る際には、適当に入れても味が崩《くず》れなくなってきた。なんとなくの量を覚え始めたのだ。

一番よく作るのは、この「親子丼《おやこどん》モドキ」だ。本来は親子丼のレシピが載っていたのだが、今作ったものが一番ラクで、洗い物も少ないので、最近はこればかり作っている。

「でもさ、沙優チャソが残していったものをちゃんと使って、少しでも吉田っちが生活を変えてるんだって知ったら」

あさみはそう言って、穏《おだ》やかな微笑《ほほえ》みを浮《う》かべた。

「沙優チャソ、きっと喜ぶんじゃないかな」

あさみのそのまっすぐな言葉に、胸が詰まる。

そうだ。俺は、沙優との出会いで、少しだけ、変わった。

そして、そのことを、きっと沙優は知らない。

「……どうだろうな」

「絶対、そうだし」

曖昧《あいまい》に頷く俺に、あさみはけらけらと笑って、それから、美味《おい》しそうに親子丼モドキをかきこむ。

そして、もぐもぐと咀嚼《そしゃく》して、ごくり、と飲み込む。

「ウチには話せないかもしれないけどさ」

あさみは控《ひか》えめな視線を俺に向けた。

「悩《なや》んでることがあるなら……なんだろ……こう、ウチよりももっと信頼《しんらい》できる人とかにさ、話した方がいいよ、絶対」

また、気を遣《つか》われている。

そんなにも分かりやすく思い詰めた顔をしていたということなのだろうか。

「……まあ、なんというか、そうだな…………」

俺は何度も首を傾《かし》げてから、言う。

「まだ、俺の中でも整理がついてないんだ。確かに、ちょっと難しいことがあったんだよ、お前の言うように」

「うん」

「でも、それを人に話していいのか、とか、話してどうにかなるのか、とか……いろいろ、まだ分かんなくて。それで、お前には話そうと思えないんだ」

「そっか、そっか」

あさみは神妙《しんみょう》にうんうんと頷いて、かと思えば、ころりと表情をいたずらっぽいものに変えた。

「吉田っちって、めちゃ頭固いから、さっさと他《ほか》の人の知恵《ちえ》も借りちゃった方がいいと思うけどなぁ」

「……なんでそんなこと女子高生に言われないといけねぇんだ」

「だーかーら、そういうとこが頭固いんだって！」

あさみはけらけらと笑って、箸を摑《つか》む。

そして、ぱくぱくと親子丼モドキを食べて、幸せそうに目を細める。

「ん～……うまっ！」

「そりゃ、良かったよ」

「また作ってちょ」

「嫌《いや》だよ、家で食え」

「ケチ!!」

ぎゃーぎゃーと騒《さわ》ぎながら飯を食い、きっちり食べきって手を合わせるあさみ。

いつも面倒《めんどう》だと思いながらも、自分のためにしていた『自炊《じすい》』を、誰《だれ》かのためにしたのは初めてのことで……案外、悪くなかった。

玄関《げんかん》前にあさみの姿があった時は、「間が悪い」と思ったはずだったが……今では、このタイミングであさみが来てくれて良かったような気がしていた。

なんだかんだで、いつも俺はあさみに救われている。

こうして短時間家にいさせてやったり、飯を作ったりするだけでその恩返しができるのであれば、安いものだった。

小うるさい女子高生と過ごしているうちに、夜が更《ふ》けていく。

あさみが家に帰った頃にはすっかり疲《つか》れて、シャワーも浴びずによろよろと寝間着《ねまき》に着《き》替《が》えて、そのまま倒《たお》れるように眠《ねむ》った。

7話 提言

昼休み。

醤油ラーメンを啜《すす》ると、いつものようにのっぺりとしたシンプルな塩味が舌の上に広がった。

社食のラーメンは、以前は特に何の感慨《かんがい》もなく食べていたものだったけれど、最近は少し好きだと思えるようになってきた。

その理由も分かる。

なんというか、とにかく、シンプルだからだ。

感動する美味しさがあるわけでもなく、がっかりするほど不味《まず》いわけでもなく……一度食べれば脳内で同じ味を想像できるような……そういう食べ物。

昼休みになる頃には腹が減り、腹が減っている時は、これを食べる。

日常を形作っていくルーチンの中に鎮座《ちんざ》するこの「社食ラーメン」が、割と、好きだ。

とりわけ、頭の中がこんがらがっている日には――。

「吉田《よしだ》」

「あ？」

突然《とつぜん》声をかけられて、我に返る。はずみで少し険のある声が出てしまい、俺は咳払《せきばら》いした。

「なんだよ」

「なんだよ、じゃないよ。今日もまたぼーっとしちゃって」

橋本《はしもと》は呆《あき》れた様子で、自分の額に向けて人差し指を立てた。

「眉間《みけん》、すごい皺《しわ》寄ってるよ」

「あ、ああ……」

言われてみると、妙《みよう》に目のあたりに力が入っていて、意識的にその力を抜《ぬ》いてみると、額のあたりの緊張《きんちよう》が解けるのが分かった。

橋本の言うように、俺は無意識のうちに怖《こわ》い顔をして考え込んでいたようだった。

「そんなに怖い顔しながら黙々《もくもく》とラーメン食べられたらこっちもちょっと居づらいって」

「いや、悪い、悪い」

いつものような軽口とは違《ちが》い、本当に迷惑《めいわく》そうな顔をしている橋本に、軽く頭を下げてみせる。空気を悪くするほど怖い顔をしているとは思ってもみなかったのだ。

「で？」

「ん？」

「何をそんなに考え込んでるわけ」

橋本は口角を上げながらも、細い目をして俺を見つめている。

「吉田がそういう顔しながら何かを考えてる時ってさ……大体、他人のこと考えてる時だろ」

こういう言葉を橋本からかけられるたびに、「橋本の洞察力《どうさつ》にはかなわない」と思っていたのだが、もしかすると、俺の表情というのは俺の思っている以上に分かりやすいものなのかもしれない。

「沙優《さゆ》ちゃんがいた頃は、君がそうやってこわーい顔をして物を考えている時は大抵《たいてい》、彼女のことだった。でも今の吉田が沙優ちゃんのことを考えるときはそういう顔じゃない」

橋本はそう言ってから、社食のパイプ椅子《いす》に深く腰掛《こしか》けて、大げさに遠くを見るような目をしてみせた。

「こういう感じ」

「そんな露骨《ろこつ》にぼーっとはしてねぇだろ」

俺の面白《おもしろ》くもないツッコミを完全に無視して、橋本は急に真面目《まじめ》な表情になる。

「今は遠くに離《はな》れた沙優ちゃんのことで、君がそんなに怖い顔をすることは多分ない。となれば、つい最近、いや、多分昨日あたりに……もっと身近なところで何かあったってことだろ？」

そう言い切って、小首を傾げながらこちらを窺《うかが》ってくる橋本を見て、改めて、やはりこいつの洞察力が高すぎるだけなのだと思い知る。

仮に俺の表情が分かりやすいにしても、そこからこうも深く推察をされてしまうのは、俺とこいつの付き合いの長さと、彼自身の注意深さによるものなのだろう。

しかし。

「別に、なんでもねぇよ」

俺は橋本から目を逸《そ》らし、そう答えた。

社食でしたいような話ではない。

そういえば……三島《みしま》は今どこに……？

普段《ふだん》通りならば一緒《いっしょ》に昼飯を食っているところだが、今日彼女が同席しない理由は、俺にだって想像できる。

俺が視線をきょろきょろと動かすのを見て、橋本は鼻を鳴らした。

「つまり、会社内の人間に関係のある話なわけだ」

「なっ……」

「吉田、分かりやすすぎ」

橋本はけらけらと笑ってから、一息置いて、言った。

「吉田さ。今晩、久々に飲みにでも行く？」

「飲み？　お前から誘《さそ》ってくるなんて珍《めずら》しいな」

「たまにはね」

「奥さんの夕飯はいいのかよ」

相当なことがなければ残業もせずに奥さんの待つ家に帰る、愛妻家の橋本だ。元々予定されていない、突発《とっぱつ》的な飲み会に参加しているところもほとんど見たことがない。

俺が訊《き》くと、橋本はニコニコと微笑みながら頷《うなず》いた。

「ちょうど、今日は友達とディナー行くって楽しそうに言ってたから、どのみち一人メシなんだよね。嫁《よめ》さん、家庭優先でなかなか友達とご飯行ったりもしないからさ。たまには羽伸《の》ばしてもらわないと」

「なるほどな」

「嫁のいない寂《さび》しい家に一人で帰る可哀想《かわいそう》な男を救うと思ってさぁ」

「分かったよ、うるせぇな……」

正直、あまり気乗りしない誘いではあるが、いつものごとく、予定はない。

このまま芝居《しばい》がかった腹立たしい誘いを受け続けるのも面倒になってきて、俺はしぶしぶ首を縦に振《ふ》る。

それに……一人で考えるよりも、橋本にも相談したほうが今後のことを冷静に考える機会になるかもしれない。

……あさみにも、強く言われたことを思い出す。

今のところ、明らかに橋本は興味本位で俺の悩《なや》みを聞きたがっているように見えるが、いざ内容を聞けば、それなりに親身になってくれるような気はしていた。

「じゃ、夕飯はどっかの居酒屋で。もちろん僕のおごりね」

俺が頷いたのを見て、どこか上機嫌《じょうきげん》にそう言う橋本。

いや、やっぱりこいつは俺の悩みを茶化したいだけなんじゃないか……。

とは、いえ。

……自分から話しづらい話題なのは間違いなかった。

ずるい気持ちではあるが、相手から興味を持って訊いてきてくれたほうが、相談はしやすい。

橋本に話すのか……。

そう考えた途端《とたん》に、なんとなくぼやけさせていた、自分の悩みの輪郭《りんかく》が、はっきりとしてくる。

――三島にキスをされた。

恋愛《れんあい》に疎《うと》い俺でも、さすがにあれが「そういう意味の好意」を示していることくらいはわかった。

今まで意識したこともなかった相手からの不意打ちに、俺は完全に混乱してしまっていた。

そして……意識したこともなかったからこそ、どうしてよいかも、分からなかった。

＊

退勤後、橋本と二人で、焼き鳥屋に入った。

二人分の生ビール中ジョッキが届いて、乾杯《かんぱい》をし、一口目を飲み……。

「で、どうしたのよ」

場を温めるでもなく、橋本は単刀直入に訊いてきた。

「お前、興味津々《きょうみしんしん》すぎるだろ」

俺が顔をしかめて見せるのを、橋本は気にするようすもなく飄飄《ひょうひょう》と語り始める。

「いいか、今の君をあんだけ呆《ほう》けさせる原因があるとしたら、それは色恋沙汰《いろこいざた》以外にあり得ないんだよ。そして、君の色恋沙汰に興味津々になるなって言われても、そんなの無理な話だろ」

「うるせぇやつだな。こういう時だけめちゃくちゃに喋《しゃべ》りやがって」

つくづく、橋本の観察眼にはかなわないと思う。ため息が漏《も》れた。

「で？　何があったんだよ。後藤《ごとう》さんと何か？」

「分かったよ、話すから。そんなにせっつくな」

もう少し覚悟《かくご》を固めてから話したい気持ちはあったが、こんなにせっつかれては息を吐《つ》く暇《ひま》もない。

どうせ話すのであれば、こうしてしつこくつつかれているうちに一気に話してしまった方が良いだろう。

深呼吸をして、口を開く。

「実はな……」

「三島ちゃんにキスされた⁉」

「馬鹿《ばか》、声がでかい」

いつもは酒の席では酔《よ》っ払《ぱら》った俺が大声を橋本に窘《たしな》められる側なのに、橋本の声の大きさに周りをきょろきょろする体験に、少し居心地《いごこち》の悪さを覚えた。

毎回橋本にこんな思いをさせていたんだとしたら、申し訳ない。

「思い切ったことするねぇ、三島ちゃんも……」

そんな俺の気持ちを他所《よそ》に、橋本は「はぁ～」と感心の声を漏らしている。

それから、細い目で俺を見た。

「まあ、吉田に気があるのはバレバレだったけど……」

「……そうだったのか？」

「あのアピールぶりに気付かない吉田は本当にどうかしてると思うよ」

橋本はやれやれと首を振って、一呼吸置いてから、小さく首を傾《かし》げた。

「で？　どうするつもりなんだい」

「どうするもこうするも……」

俺は、正直な気持ちを吐露《とろ》する。

「俺は、三島をそういう風に見たことはない……」

「本人に言ったら傷つきそうなセリフだ。……いや、彼女もそんなことは分かった上なのか」

橋本はどこか切なそうに目を細めた。

「そもそも、俺は、他人から好かれてると思ったことなんか一度もないんだ」

俺がそう続けるのを、橋本はなんとも言えない表情で聞いている。

本心だった。

高校時代、神田先輩《かんだせんぱい》と付き合っていた時ですら、彼女の愛を心から信じたことはなかった。どうして自分は皆《みんな》から憧《あこが》れられるマドンナのような存在と付き合えているのだろうか……何かの間違いではないのか、と、常に思っていた。

「沙優と暮らして気付いた。俺は独善的で、他人のことを考えるふりして、本当は自分のことばっかり考えてて……それでいて、いろんな人にいい顔したいだけの、しょうもない人間なんだって」

「卑屈《ひくつ》だなぁ。日本人なんてみんなそんなもんでしょ」

橋本が大きく「日本人」と括《くく》るのに、なんとなく違和感《いわかん》を覚える。

そうだろうか。現に橋本は、自分のことと、奥さんのことだけを優先しているように見えた。もちろん、俺のことを気にかけて、ときどき本気で助言をしてくれることもある。きっと、今だってそうだ。

でも、それだって、自分が大きく迷惑《めいわく》を被《こうむ》らない範囲《はんい》での話だ。

俺が沙優を家に置き、彼女をどうにか助けてやりたい……と思うのとは、全然別な話だった。結局、沙優を助けたのだって、最初は、顔が良く、可哀想に見えた少女を救ってやりたくなったというただの見栄《みえ》だったように思う。

俺は、ただ、他人に悪く思われたくないだけなのだ、きっと。

沙優との出会い、そして別れによって、俺の生活は明らかに好転した。沙優が俺を成長させてくれたのだ。

自分のできることを知り、できないことも知り……そこから、自分の生活を見つめ直すことができた。これらはすべて、沙優のおかげだ。

それでも俺は……まだ、からっぽのままだ。

誰《だれ》かの期待に応《こた》えようとするばかりの人生。そのための身体《からだ》……。

身体の中に、自分という中身が一切《いっさい》入っていないような……そんな虚《むな》しい感覚に襲《おそ》われる。

「こんなからっぽの俺を好きと言ってくれた人に対して……どんな言葉を返すべきなのか

……それが分からない」

俺が素直《すなお》な気持ちを吐露すると、橋本は息を吐いて、それから、いまいち感情の読みにくい笑《え》みを浮《う》かべた。

串《くし》から焼き鳥を引き抜《ぬ》いて、ひとかけら、口に放《ほう》り込む橋本。

のんびりと咀嚼《そしゃく》し、飲み込んでから。

「そんなのは、どうでもいいことだよ」

橋本は、はっきりと、そう言った。

「……どうでもいい？」

意図が摑《つか》み切れず、俺がオウム返しにそう言うのに、橋本は頷く。

「うん。恋愛において、吉田がどんな人間かなんてことは、重要じゃない」

橋本はそこまで言って、俺の目を射貫《いぬ》くようにじっ、と見つめた。

「好きか、好きじゃないか。まずはそれだけだ。それ以外になんにもない。それ以外を絡《から》ませた途端に、全部がおかしくなる」

橋本のその言葉には妙《みょう》な迫力《はくりょく》があって、俺は返す言葉に詰《つ》まった。

「正直、僕にも、三島ちゃんみたいなタイプが君のことを好きになる理由はよく分からないんだよね」

橋本はそう言って、可笑《おか》しそうに笑った。

それから、声のトーンを落として、しんみりと言う。

「あの子はそもそも、恋愛に向いてない」

「恋愛に……向いてない、か」

「うん。理想が高すぎるタイプのように見える。いろんな物事を、理論的な意味でも、感情的な意味でも、シンプルに処理してる。だから……他人の行動の粗《あら》を見過ごせない」

橋本は、焼き鳥をかじりつつ淡々《たんたん》と言った。

こいつは、やはり、いろんな人間のことを案外深く見つめているんだな、と、思い知る。

俺は、三島の言動や行動についてそこまで深く考えてみたことなどなかった。

「そんな彼女には、吉田みたいなヤツは、大層鬱陶《うっとう》しく映るんだろうなって思うよ」

そう言って肩《かた》をすくめる橋本。

返す言葉がなかった。それについては、同意でしかない。

実際、何度小言を言われたか分からない。

「……そうだろうな」

「特に沙優ちゃんを匿《かくま》ってた時の君は、見た目上では、言ってることとやってることがちぐはぐだった」

「ああ……よく怒《おこ》られたよ」

本当に、三島にはよく、沙優とのかかわり方についてあれこれ言われたのを覚えている。

いつだって客観的で、客観的なのにどこか感情的で。

三島のそういう言葉に、俺は何度も……。

そこまで思考が至った時、思わずハッとした。

「ん？」

突然《とつぜん》顔を上げた俺に、橋本はきょとんとした様子で首を傾げた。

「あ、いや……」

俺は言葉を濁《にご》しつつ、ビールをごくりと一口飲んだ。

冷たく、刺激《しげき》的な液体が食道を通り身体の中へ流れ込んでいくのと同時に、一つの考えが、すとんと腑《ふ》に落ちるような感覚があった。

俺が少しだけ自分の生活を見つめ直せたのは「沙優のおかげだ」と思っていた。

しかし、果たしてそれだけだったのか。

改めて思い返せば、それは、考えるまでもないことだった。答えは、否《いな》だ。

沙優を家に置き始めたことで、俺の生活は少しずつ変化した。そして、それに気付いた三島や後藤さん、神田先輩、そして橋本は、一歩引いた位置で俺のことを見ながらも、少しずつ俺がどうすべきかの助言をくれた。

それらが少しずつ俺の中に浸透《しんとう》して、選ぶべき道を選択《せんたく》する助けになった。

「そうか……」

俺の呟《つぶや》きに、橋本はくすりと鼻を鳴らして、視線を送ってくる。

「なんだよ？　一人でなんか分かったような顔しちゃって」

「いや……」

俺はもう一口ビールを飲んで、口を潤《うるお》わせる。

そして、心の底から、言葉が出力されるような感覚があった。

「俺、まだ誰にも、なんにも返せてないんだな……」

橋本は、俺の言葉を聞いて、ぱちぱちと数回まばたきをした。

それから、ふは、と息を吐く。

「吉田ってさ、いろんなことを重く受け止めすぎだよな」

「俺は……三島に、何をしてやれるんだろう」

「だから、重い！　重いって！」

橋本はけらけらと笑い、ジョッキをあおった。

そして、小さく息を吐いて。

「君が彼女にしてあげられることがあるとしたら、それは……きちんと振《ふ》ってあげることじゃないかな」

橋本の答えは、明確だった。

そんなことは、俺だって分かっているつもりだった。

三島に受けた恩を、何かしらで返したい。そういう気持ちはある。

けれど、それとこれとはまったく別の話だった。

彼女からの気持ちに対して、同じような好意で返すのは無理だ。そんなのは気休めで、まやかしだから。

「中途半端《ちゅうとはんぱ》じゃなく、ちゃんと終わらせてあげるのが、君のするべきことだと思うよ」

「……ああ、そうだな」

橋本は言うべきことは言ったとばかりに、焼き鳥をのんびりと頬張《ほおば》りだす。

こいつは、いつも、その時その場所でやるべきことをきちんと理解していて、その通りに行動しているように見える。

よく「嫁《よめ》さんにはフラれまくった」という話を俺にしてくるけれど、フラれるたびにアプローチを変えたり、押しまくった末に突然引いてみたり、いろんなことを試《ため》したのだという。

「他人と共にいる」ということについて、俺はあまりに経験値が足りないまま大人になってしまったのだと、橋本と一緒《いっしょ》にいると、痛感してばかりだ。

今日はもう少し、深く酒を入れたいと思った。

「お姉さん、ビールおかわり」

「あんま飲みすぎないでよ」

「分かってるよ」

「どうすんだよまた帰り道に女子高生がいたら」

「馬鹿《ばか》、二度目はねぇよ」

「どうだかなぁ」

軽口をたたき合いながら、そういえば、橋本とサシで飲むのは本当に、沙優と初めて会った日以来だったということを思い出す。

男二人での、遠慮《えんりょ》のいらない飲み会はなんだかんだで楽しくて、少しずつ仕事の話や私生活の話で盛り上がり……久々に、諸々《もろもろ》の悩《なや》みを忘れて、楽しく酒を飲んだ。

それでも、深く飲みすぎたと気付いたタイミングでお開きにしたのは……やはり、酔《よ》いすぎると何が起こるか分からないということを、身をもって理解していたからかもしれない。

8話 手助け

橋本《はしもと》とサシ飲みをした翌日。

始業前に俺がまずしたことといえば……。

「お、三島《みしま》……おはよう」

「おはようございます」

「あのさ、今日、仕事終わった後……」

「あ、ちょっと始業前にお手洗いに」

三島に話しかけに行き、約束を取り付けることだ。

しかし、三島は淡泊《たんぱく》に挨拶《あいさつ》をして、オフィスを出て行ってしまう。

怒っているように見えるほどの冷たさを感じるわけではないものの、逆に不自然さを感じるほど「平常」な様子の三島に戸惑《とまど》った。

明らかに、避《さ》けられている。

「はぁ……」

すごすごと自席に戻《もど》ると、橋本が苦笑《くしょう》を浮かべながら俺の方を眺《なが》めた。

「やれやれだね」

「あんなに露骨《ろこつ》に避けなくてもいいじゃねぇか」

「お、露骨に避けられてることくらいは気付けるようになったのか」

「うるせぇな……」

始業前は諦《あきら》めたが、昼休み中に声をかけようとしてもなんだかんだと理由をつけて逃《に》げられ、しまいには、いつもなんでもかんでも口頭で報告するくせに、今日に限っては社内チャットで報告を済ませてきた。

取りつく島もない、というのはこのことだ。

しかしこの手の問題を後回しにしていくとどんどん話題に上げづらくなり、いつの間にか自然消滅《しょうめつ》……という流れは想像に難《かた》くない。

今日、三島に声をかけることが大切だと思った。

とは言ったものの……やはり三島は俺のコンタクトをことごとく拒《こば》んできて、気付けば終業時刻になっていた。

「じゃ、お先。頑張《がんば》れよ」

橋本は俺のことを気にしつつも、いつも通り定時でパッと帰っていく。

その背中を見送って、ため息を吐いた。

三島のデスクの方へ視線を向けると、一瞬《いっしゅん》、三島と目が合う。しかし彼女はパッと視線を逸《そ》らし、モニターを凝視《ぎょうし》し始める。おそらく、業務日報を書いている途中《とちゅう》なのだろう。

どうしたものか……。

と、思い悩んでいるところで、突然後ろから肩に思い切り寄りかかられる感覚があった。

キャスター付きの椅子《いす》がぐわんと前に動く。

「痛った！」

腹を思い切り机にゴンとぶつけ、声を上げてしまった。

振り向くと、俺の肩に寄りかかっていたのは思わぬ人物であった。

「な、なにしてんすか……神田先輩《かんだせんぱい》」

「吉田《よしだ》ぁ～」

ニタァと笑って、神田先輩が俺から離《はな》れる。

「あ、お腹《なか》ごめんね。そんな動くと思わなくて」

「いや、大丈夫《だいじょうぶ》ですけど……」

「お困りのようだねぇ」

依然《いぜん》ニヤニヤとしながら、横目で俺を見つめてくる神田先輩。

「困ってるって……なんのことっすかね……」

「またまたぁ」

先輩は俺の耳元に口を近づけて、こそ、と言った。

「三島ちゃんとなんかあったわけ？」

俺が驚《おどろ》いて先輩の方を見ると、先輩はわざとらしく「カッ」と舌を鳴らし、人差し指を俺の方に向けた。

「図星だ」

「……まあ、そうっすね……」

「で、避けられてると」

「ええ」

「でも吉田的には彼女とちゃんと話がしたいわけだ」

「あの、なんでそこまで……」

「見てりゃ分かるってぇ」

先輩はけらけらと笑って、それから、肘《ひじ》で俺の背中をドンと突《つ》いた。

「ま！　そういうことならセンパイに任しとき」

「え、ちょっと……！」

言うだけ言って、スタスタと俺のデスクから離れていく神田先輩。

向かう先は、三島のデスクだった。

「三島ちゃーん、この後ヒマ？」

「えっ？」

突然《とつぜん》神田先輩に声をかけられ、さながらミーアキャットの如《ごと》く背筋を伸《の》ばす三島。

「えっと……な、なんでしょう？」

「そんな肩《かた》ひじ張らなくていいって。ちょっと相談したいことあってさ……」

「わ、私にですか？」

「そうなの。でも会社だとアレだし……飲みにでも行かない？」

「飲みですか……」

三島はいともいいえとも言わずに視線をうろうろと動かしている。

『嫌《いや》がっている』というよりは『困っている』というような様子だ。

答えあぐねている三島を横目に、神田先輩はパッと顔を上げてこちらを見た。

「あと、吉田！」

「へ？」

突然視線を向けられて、俺は素《す》っ頓狂《とんきょう》な声を上げる。

三島も虚《きょ》を突かれたように俺の方を見た。

「吉田この後ヒマ？」

「え、あ、いや、暇《ひま》ですけど……」

「あ、そう。じゃあ飲み行こ！　ヒマなら断らないでよ」

「は、はい……分かりました……」

なるほど、話が見えてきた。と、思いつつ……三島の方を見ると、三島は苦虫をかみつぶしたような表情で俺と神田先輩の間で視線を行ったり来たりさせた。

結託《けったく》して三島をハメた、と思われていそうだが、俺はその絵図を知らなかったのだから勘違《かんちが》いしないでほしい……。

しかし、思ってもみない助け舟《ぶね》だった。さすがに、神田先輩からの誘《さそ》いであれば三島も断りづらいだろう。三島には申し訳ないが、俺としては、逃げられるよりよっぽど良い。

「で、三島ちゃん。どう？」

「あの、私は……」

三島の表情は依然として暗い。俺の名前が出たからか、先ほどまでより露骨に『行きたくない』というオーラが出ていた。

「なになに、楽しそうな話してるじゃない。私も混ぜて頂戴《ちょうだい》」

「……!?」

ダメ押しのように現れたのは、後藤《ごとう》さんだった。

俺と三島の肩が同時に跳《は》ねた。

一方神田先輩はぱちくりと瞬《まばた》きをして後藤さんを見てから、パッと表情を明るくする。

「お、いいとこに来ましたね！　いや、ちょっと悩んでることあって……オトナの皆《みな》さんの意見が欲しいんですよ。後藤さんも今夜どうです？」

神田先輩はまるで用意していたように、流暢《りゅうちょう》な口調で後藤さんを誘う。そして、後藤さんも二つ返事だった。

「あら、神田さんに頼《たよ》られるなんて珍《めずら》しい。もちろん、いいわよ」

とんでもないことになってきた……。

ちらりと三島の方を見ると、今度は明らかに俺の方を睨《にら》みつけていた。

俺は慌《あわ》てて首を横にぶんぶんと振《ふ》る。

俺が仕組んだわけじゃない！！！

伝わったのかどうかは分からないが、三島は深いため息をついてから、しぶしぶ頷《うなず》いた。

「まあ、予定はないので……そこまで仰《おつしや》るなら行きますけど……」

「よっしゃ決まり!!　あたし今から店の予約取るから！　君らさっさと帰り支度《じたく》しといて。後藤さんも、お願いします」

「はーい。すぐ準備するわね」

「……はい」

やけにウキウキとして見える神田先輩と後藤さん。

かえって、俺と三島はひたすら呆気《あっけ》に取られている。

神田先輩が、俺の方を振り向いた。そして、わざとらしくパチ、パチ、とウィンクをしてみせた。

俺が苦笑で返すと、先輩はニッと笑い、ポケットからスマートフォンを取り出しながら自席へと戻って行った。

ため息をついて、立ち上がる。そして、帰り支度を始めると、じとりとした視線を感じた。

顔を上げると、三島と目が合う。

彼女はなんとも言えない表情で俺の方を見ていた。

神田先輩が俺と三島の様子を見かねて助け舟を出してくれたのは分かる。しかし、彼女がどこまで察しているのか、どういうつもりで手を貸してくれたのかは俺にもさっぱりだ。

俺もよく分かっていない、ということを示そうと肩をすくめて見せると、三島は再び俺をキッと睨みつけてから、カタカタとキーボードを鳴らしだす。業務日報を仕上げにかかったのだろう。

先輩のおかげで三島と話すチャンスはできたものの。

三島と二人きりで話すならまだしも、神田先輩と後藤さんも同席している状態で直接この前のことを話すわけにもいかないな……。

どうしたものか、とあれこれ考えてみるものの、結局あまり良い案は浮《う》かばぬまま、飲みの席へと向かうことになった。

9話

本題

「そーなんですよ。仙台支部《せんだいしぶ》、セクハラジジイばっかでほんとめんどくって。その点こっちは幹部が割と若めの既婚者《きこんしゃ》ばっかだから助かってますわ。セクハラのセの字もない」

「ふふ。幹部で結婚《けっこん》してないの私だけだから」

「ああ、そういうつもりで言ったわけじゃないですけど……気にしちゃいました？」

「いいえ、全然。まったくもって気にしてないわよ」

「うわ、根に持たれそうでヤだな～」

神田《かんだ》先輩が予約したのはちょっぴりお高い、落ち着いた居酒屋だった。

座敷《ざしき》席について、全員分の酒と、すぐに出てくるつまみを注文してからというもの、神田先輩と後藤《ごとう》さんは他愛《たあい》のない話を続けている。

二人がこうして飲みの席で対面するのは今回が初めてだというが、そうとは思えない打ち解けぶりだった。

正直に言って、あんまり馬の合う組み合わせとは思えなかったが、神田先輩《せんぱい》のラフな絡《から》み方に、後藤さんが柔軟《じゅうなん》に対応しており、思った以上に和《なご》やかな空気だ。

先輩の隣《となり》で、三島《みしま》はぶすっとした表情で二人の話を聞いている。

お前……上司のいる飲みの席でその顔はまずいだろ……と内心焦《あせ》るものの、二人が気にしている様子はなかった。

「若い男社員もなんというか大人しいヤツばっかですしね。遠藤《えんどう》がちょっとチャラついてますけど……あ、知ってます？　あいつ仙台支部に出張しに来た時にあたしのことナンパしてきたんですよ」

「そうなの？　遠藤君、確かに若干《じゃっかん》チャラいというか、がさつな感じはあるけど、あんまり女の子にちょっかい出してるイメージはなかったわね……。案外本気だったんじゃないの？」

「まさか。オッサンのセクハラに耐《た》えてるお澄《す》まし黒髪《くろかみ》ロングの女の子たちよりあたしのほうが手出しやすそうだっただけですよ絶対」

遠藤、よりによって神田先輩に絡みに行ってたのかよ……と、どこか他人事《ひとごと》で話を聞いていると。

「吉田《よしだ》はどう思う？」

「へっ？」

突然、俺に話題が振られて、間抜《まぬ》けな声を上げてしまう。

「だから、遠藤、あたしに本気だったと思う？」

「知りませんよそんなこと。あいつ、いつも小池《こいけ》とベタベタだから、恋愛《れんあい》より友情、ってタイプなのかと思ってましたけど」

「ほーん…………となると、適当なナンパじゃなかったのかも。悪いことしちゃったかな」

「いや、真剣《しんけん》な告白に聞こえなかったならいいんじゃないですか。伝わらない程度の告白をする方が悪いですよ」

俺がそう言うと、向かいに座る三島の肩がぴくりと震《ふる》えた。

そして、何か、咎《とが》めるような視線を俺に向ける。

俺の隣に座る後藤さんが小さく鼻を鳴らした音が聞こえた気がした。

「あの！」

今までずっと黙《だま》ってちびちびと酒を飲んでいた三島がついに声を上げる。

「うん？」

あっけらかんと首をかしげる神田先輩。

三島は明らかに苛立《いらだ》った様子で神田先輩を見つめながら、言った。

「相談したいことがあるって言ってませんでしたっけ？」

三島の言葉を受けて、神田先輩はわざとらしくぱちぱちと瞬きをした。

「あれ、そんなこと言ったたっけ？」

「はぁ……？」

三島は喉《のど》の奥から気の抜けた声を漏《も》らし、続けて後藤さんの方を見る。

後藤さんも肩《かた》をすくめて。

「そんな怖《こわ》い顔しないの。確かに、神田さんはそんなこと言ってた気がするけど、あんなの建前よねぇ」

依然《いぜん》として上機嫌《じょうきげん》な様子でそう言ってから、ごくりとお酒を飲んだ。

神田先輩も、その言葉に乗っかるようにうんうんと悠長《ゆうちょう》に首肯《しゅこう》する。

「そうそう、飲みたかっただけ～」

神田先輩はそう言ってから、ちらりと俺の方を見た。

そして、一言付け加える。

「あたしらは、ね」

うっ、と息が詰《つ》まるのが分かった。

……ここまでお膳立《ぜんだ》てされてしまっては、俺から切り出さないわけにもいかない。

鼻からゆっくり息を吐《は》いた。

本当に、神田先輩と後藤さんは、俺と三島の追いかけっこを見かねて、気を回してくれたのだろう。

そして、彼女は細い目で俺を見る。

神田先輩がウィスキーグラスを傾《かたむ》けると、その中に入った丸氷がカラン、と音を立てた。

さっさとしろ、という念を感じた。

俺もようやく、覚悟《かくご》を固める。

「なあ、三島」

俺が三島を呼ぶと、彼女の身体《からだ》がぴくり、と動くのが分かった。

「な、なんですか……」

少し緊張《きんちょう》の滲《にじ》む声で三島が返事をする。

ためらいがちにこちらに向けられる視線には、明らかに『不安』の色が浮かんでいる。

彼女の表情がころころ変わるのはいつものことだが、こんなに弱々しく見えるのも珍しい。

俺はゆっくりと呼吸をしてから、切り出す。

「この前の話の続きがしたい。この後、時間あるか？」

はっきりと訊《き》くと、三島はぐっ、と一瞬《いっしゅん》苦しそうな表情を浮かべる。

「この後……この後って、この飲みの後ってことですか？」

「そうだ」

「だいぶ遅《おそ》い時間ですけど」

「分かってる」

俺がヒヨるのを期待するように質問を重ねてくる三島。

しかし、俺も引き下がれない。はっきりと答え続けた。

三島は困ってしまったように言葉を詰まらせて、俺以外の二人に視線をうろつかせる。

そして、小さな声で言った。

「ご、後藤さんはいいんですか」

三島の言葉に、ビールグラスを傾けようとしていた後藤さんは動きを止めて、首を傾《かし》げた。

「なんで私？」

「いや、だって……後藤さんは……」

「今私は関係ないでしょう。あなたと吉田君の話なんじゃないの？」

ぴしゃりと言われて、三島は言葉に窮《きゅう》して、浅く息を吸った。

「それは、そうですけど……」

後藤さんは口ごもる三島に薄《うす》い微笑《ほほえ》みを返し、それ以上何も言わなかった。

無言で酒を飲みだす後藤さんを見て、三島は再び困ったように視線をうろつかせた。

明らかに、逃《に》げ場を失っている。

ここでしっかり押さねば、二人にお膳立てしてもらった意味がなくなってしまう。

俺は言葉を選びつつ、はっきりと伝えた。

「俺は馬鹿《ばか》だからさ、思ってることがあるなら逃げずに言ってほしい。謝るべきことがあるなら、きちんと謝りたいんだよ」

三島は苦しそうに息を漏らしながら、長い間沈黙《ちんもく》していた。

しかし、長考の末、「分かりました……」と、力なく頷《うなず》いた。

俺は安心して、身体の力を抜こうと、深く息を吐く。

「ありがとう」

「……」

三島は居心地《いごこち》悪そうに身じろぎをした。

話がついたと見るや、神田先輩は露骨《ろこつ》におちゃらけてみせる。

「飲みの途中《とちゅう》で女の子一人に声かけるなんて吉田ヤラシーねぇ」

「ほんとにねぇ」

意気投合して俺をいじってくる神田先輩と後藤さん。案外、本当に馬が合っているんじゃないか、と思う。それにしても嫌《いや》な息の合い方だ。

「ほ、ほんとにいいんですか……！」

弛緩《しかん》した空気の中、三島だけが切実な表情を浮《う》かべていた。食い下がるように後藤さんを見る三島。緊張した声色《こわいろ》だった。

後藤さんは鼻から息をゆっくりと吐く。

「いいも何も、他人のことを気にしている場合？」

そう言って、目を細めた。

「あなたは、あなたのことだけに専念すべきでしょ。私や神田さんは、あなたにとっては脇役《わきやく》。違《ちが》う？」

「それは……でも……」

「私は私で、勝手にするわよ。だからあなたも、勝手にしなさい」

後藤さんははっきりと言って、通りがかった店員を呼び止め、酒のおかわりを注文した。

これ以上聞く耳持たぬ、という態度だった。

三島は勢いを挫《くじ》かれたようにしゅんとしてしまう。

神田先輩はスンと鼻を鳴らしてから、人差し指で後藤さんの前にある空きグラスを指し

「案外、たくさん飲むんですね」

神田先輩に言われて、後藤さんは芝居《しばい》がかった様子でテーブルの上で頬杖《ほおづえ》を突《つ》き、小首を傾げた。

「飲まなそうに見える？」

後藤さんのその問いに、神田先輩はくすりと肩を揺《ゆ》する。

「その、質問に質問で返すのやめたほうがいいと思いますよ。ウザいから」

「あはは！　それ三島さんにも言われた～」

神田先輩が歯に衣着せずに言うと、後藤さんは可笑《おか》しそうにけらけらと笑って返す。

本当に、後藤さんは俺と三島の約束などどうでも良さそうに見えた。ただただ俺たちを口実に使い、酒を飲んでいる。

しかし、言葉の端々《はしばし》から『三島への』気遣《きづか》いが感じられて、俺も三島も、これ以上口を挟《はさ》めなかった。

俺にとっては後藤さんは意中の相手で、だというのに、未《いま》だに彼女の考えていることはよく分からない。

それでも、今回ばかりは素直《すなお》に感謝するほかなかった。

神田先輩《せんぱい》は、そんな後藤さんをときどきどこか細い目で見ながらも、後藤さんのテンションに合わせて、楽しそうに飲んでいる。

「しっかし、今日の吉田と三島ちゃんの追っかけっこは面白《おもしろ》かったですなぁ」

神田先輩はにんまりと笑いながら三島を横目に見た。

「仕事をサボる時でさえ堂々としてる三島ちゃんが、あんなに露骨にひとから逃げてるところ見るの初めてだったから、愉快《ゆかい》で愉快で」

「分かるわ。今日はお仕事に身が入らなかったもの」

「ポップコーン欲しくなっちゃった」

「オフィスじゃなきゃ飲んでたわよ」

「ねえ、なんなんですかそのテンション!!　いじりすぎじゃないですか!!」

神田先輩と後藤さんからの猛攻《もうこう》に耐《た》えかねたように声を上げる三島。

くすくすと笑う年上組を真っ赤な顔で睨《にら》みつけながら、三島はごくごくと酒を飲み干した。

「店員さん！　カシオレおかわりで！」

「お、良《い》い飲みっぷり！　エンジンかかってきたじゃ～ん」

「アルハラですよ」

「別に飲めって言ってないし？　あ！　あたしもジャックロックおかわりで」

少しずついつものような気の強い後輩《こうはい》に戻《もど》って行く三島を見て、少しばかりの安堵感《あんどかん》を覚える。

もし二人きりであれば、終始三島を緊張させていたに違いない。そして、そんな彼女を見て俺も緊張してしまうのが目に見えていた。

神田先輩と後藤さんがどこまで俺たちの間のことを察しているかは分からないが、俺も三島も何も話していない以上、少なくともすべてを知っているわけではないのは確かだ。

そんな中でここまで気を回してくれて、かつ険悪な雰囲気《ふんいき》にならないよう場を作ってくれたことには、本当に感謝しかない。

いつか何かで返さねば。

そんなことを考えながら、俺もビールを飲み進める。

三島も酒が進み、女性同士でやいのやいのと言い合っている。

女性3人の会話にどういう立場で入っていいのか分からず、基本的に聞き役に徹《てっ》していたが、なんとも落ち着かない反面、こうして俺とかかわりのある3人が楽しそうにしている様子を見ているのは悪くない気持ちだった。

この後のことを考えるのは一旦《いったん》やめにして、談笑《だんしょう》や軽い口喧嘩《くちげんか》を聞きながら酒やつまみを楽しんでいると、少しずつ俺も酔《よ》いが回ってくるのが分かった。

このまま緊張を忘れて酔ってしまいたい衝動《しょうどう》にも駆《か》られるが、本分を忘れてはいけない。

適度にセーブしながら酒を飲むうちに、刻一刻と、飲み会の終わりが近づいてきた。

10話

誘い

2時間ほど飲み、席の制限時間が訪《おとず》れると、飲み会はあっさりと解散になった。

「じゃ、今日は私がお会計を」

「えっ、そんな悪いですよ」

伝票をスッと自分の方へ寄せる後藤《ごとう》さんを思わず止める。

すると神田《かんだ》先輩は苦笑を漏《も》らして「吉田《よしだ》ぁ」と呼んでくる。

そして、首をゆらゆらと横に振《ふ》ってから言った。

「幹部が『私が払《はら》う』って言ったら経費に決まってんでしょ」

「えっ」

思わず間抜《まぬ》けな声が出る。

そりゃ、もっと大勢呼んだ会社主導の飲み会であればそうなるのが普通《ふつう》のような気もするが、後藤さんとこうして会社終わりに飲みに行くときはいつもどちらかが奢《おご》るかお互《たが》いにしっかり出し合うかの二択《たく》しかなかったため、『経費』などという概念《がいねん》はすっかり抜け落ちていた。

「でも、今までは……」

「しーっ、吉田君」

後藤さんは俺の言葉を制止するように、人差し指を口の前で立てた。

「私とプライベートで飲むときと、こうして社員集めて飲むときじゃ話が違うのよ」

にんまりと微笑んでそう言う後藤さん。

それを聞いて、神田先輩は「うわ」と声を漏らし、三島《みしま》はスンと鼻を鳴らした。

「やらしー言い方。なに、そんな頻繁《ひんぱん》に二人で飲んでるんですかぁ？」

神田先輩はぐりぐりと後藤さんの腕《うで》を肘《ひじ》で押している。短時間で気安くなりすぎだろ。

「まあそういうわけで今日のは多分経費で落ちるわ。もし落ちなくても私が払っとくから。楽しかったし」

後藤さんはきっぱりと言って、流れるように店員を呼んだ。

「お会計をお願いします」

後藤さんが店員にそう伝えると、愛想《あいそ》の良い女性店員は「お待ちください」と微笑み、パタパタと奥へ引っ込んでいく。

「ごちでーす」

気の抜けた声で両手を合わせる神田先輩。

俺と三島も「ごちそうさまでした」と頭を下げた。

「だから、経費だってば」

後藤さんはくすくすと笑う。

「こんなに楽しい飲み会は久々だったわ。今までより少し打ち解けられた気がするし。良かったらまたやりましょう」

後藤さんがそう言うのを聞いて、神田先輩はわざとらしく顔をしかめてみせた。

「え〜、後藤さんに懐《なつ》かれると重そうだしなぁ」

「ふふ、私に対してあなた今日失礼すぎ」

「失礼されなすぎるのも退屈《たいくつ》なんでしょ」

「……あなた、なんか腹立つわね」

「お互い様ですけども」

二人で数秒間にらみ合ってから、ほぼ同時に破顔する。

馬、合いすぎだろ。

三島の方をちらりと見ると、彼女も呆《あき》れたように表情を緩《ゆる》ませている。

酒を飲んだ後の心地《ここち》よい脱力感《だつりょくかん》を楽しみながらトントンと会計が終わり、全員で店の外に出る。

「は〜、もうすぐ春とはいえ、まだちょっと冷えるね」

店先で、神田先輩は自分の肩《かた》を抱《だ》くように身体《からだ》を縮こまらせた。

それから、横目で俺の方を見る。

「吉田、あっためてくれる？」

「いや、先輩、そういう冗談《じょうだん》は……」

「吉田センパイはこの後私と話があるんで!!」

俺と神田先輩の間に、ずいっ、と三島が入り込んで、先輩を威嚇《いかく》するように睨みつけた。

「あはは、いつもの三島ちゃんだ」

神田先輩はけらけらと笑って「しょうがないなぁ」と呟《つぶや》く。

それから、後藤さんの方にすす、と寄った。

「じゃ、あたしらはこれで退散しますかね」

先輩が後藤さんに並んでそう言うと、後藤さんもおもむろに首肯《しゅこう》した。

「それじゃ、また会社で」

後藤さんは俺と三島を交互《こうご》に見て、微笑《ほほえ》む。

神田先輩も同じようにしてから。

「ごゆっくり～」

と芝居がかった様子で言ってみせた。

「お疲《つか》れ様です……」

俺と三島もお辞儀《じぎ》で返す。

後藤さんと神田先輩は駅の方向へと先に歩き出した。

「二軒《けん》目行く？」

「えー、後藤さんとサシはちょっとな……」

「そう言わずにさぁ～」

すっかり打ち解けた様子の後藤さんと神田先輩は、だらだらと話しつつも、心なしかいつもよりも早足で歩き去っていった。

……気を遣《つか》ってくれたらしい。

取り残された俺と三島の間には気まずい沈黙《ちんもく》が流れている。

おずおずと三島の方へ目をやると、彼女はものすごい形相で俺を睨んでいた。

「ええ……なんだよ突然《とつぜん》」

思わず心の中で思ったことがそのまま口に出てしまう。

さっきまでなんだかんだで楽しそうに飲んでたじゃないか。

「……話したんですか」

ようやく口を開いた三島の口から出たのはそんな言葉だった。

「え？」

何のことだか分からず、訊《き》き返すと、三島はくわっと大きく口を開いて、叫《さけ》ぶように言った。

「だから！　あの二人に！　私に告白されたって話したんですか⁉」

三島の大声は通りに響《ひび》いて、通行人の視線がこちらに向くのが分かる。

そして、彼女の疑問についても、痛いほど理解した。

「いやいや、言ってないよ‼　何も言ってない‼」

慌《あわ》てて答えると、三島も周りの視線に気付いたのか恥《は》ずかしそうに俯《うつむ》きながらこくこくと首を縦に振った。

「……そうですか」

三島は苦虫をかみつぶしたような表情でため息をつく。

それから、小さな声で、吐《は》き捨てるように言った。

「察しの良すぎるオトナっていうのも難儀《なんぎ》なものですね……」

「……そうだな。俺も、どこまで察されてるのかと気が気じゃなかった」

俺はそう答えつつも、それがすべてではないなと思い直す。

「でも……おかげで話ができる。助かったよ、俺としては」

本音を付け加えると、三島はバツが悪そうに俺から視線を逸《そ》らした。

それから、目を伏《ふ》せながら、言う。

「……で、話って、どこでするんですか。まさかここでするとか言いませんよね」

「ああ、そりゃもちろん。なんかカフェとか探して……」

「カ、カフェは嫌《いや》です」

三島は突然顔を上げ、激しく首を横に振った。

あまりの強い拒絶《きょぜつ》に、たじろぐ。

「な……なんでだ？」

「だ、だって……また前みたいに……」

そこまで言って、三島はその先を言い渋《しぶ》った。

ああ、そういえば……。

映画を観に行った日、三島のことを怒《おこ》らせ、取り乱させてしまったのもカフェだった。

カフェの中でも、そこを出てからも……周囲の視線はさぞ気になっただろう。

しかし……落ち着いて話ができる場所として、カフェ以外にどこかあるだろうか……。

俺が必死に行き先を考えていると。

「あの」

三島がおずおずと口を開いた。

「……私の家、来ます？」

その言葉は、文字情報として、俺の思考を上滑《うわすべ》りしていった。

三島の家に、行く。

こんな夜遅《おそ》くに。

「……え？」

状況《じょうきょう》を整理してもなお、俺は間抜けな声を上げることしかできなかった。

*

落ち着いて話せる場所として、三島が指定したのは彼女の家だった。

さすがに女性の家にこんな時間に上がり込むのはまずいのでは……と思ったが、三島には「吉田センパイは変な気起こさないですもんね！」とかなり強引《ごういん》に押された。

諸々《もろもろ》問題がある気はするものの、本人がそこがいいと言うのであれば仕方がない、と自分に言い聞かせる。彼女の言うように、俺が変な気を起こすことは万に一つもない。

三島の家は、電車で俺の最寄《もよ》り駅を通り過ぎ、さらに2駅ほどの場所だった。

彼女の住む町の駅で降り、駅前を歩く。

「案外近くに住んでたんだな」

俺が言うと、三島は一瞬《いっしゅん》ぽかんとしたように俺の両の目を見つめてから、失笑した。

「一回来たことあるじゃないですか」

そういえば、そうだった。

彼女の口調からは、鈍感《どんかん》な俺にも分かるほどに「覚えてないのかよ」という言外の叱責《しっせき》が感じられる。

覚えてないわけではない。でも……。

「あの時は、必死だったからな……」

素直《すなお》にそう答えると、三島は今度はなんとも言えぬ表情で、鼻を鳴らした。

「あはは、そういえば……そうでしたね」

三島が全体的に俺に対してツンケンしているのは今日ずっとのことだが、先ほどまでの戸惑《とまど》った様子とは違《ちが》い、いつもの調子に戻《もど》っているように見えた。

どういう心境変化があったのかは分からなかったが、三島の様子が元に戻って、少し安心していた。

なんというか、表面上は平静を装いながら、明確な拒絶だけを示されるのは……寂《さび》しかったからだ。

いつもは三島のことを深く考えたことなどないのに、ああして彼女から距離《きょり》を取られるとどうしたら良《い》いか分からなくなるというのも、みっともない話だ。

いつか、三島にも愛想《あいそ》を尽《つ》かされる時が来るのだろうか。

何故《なぜ》かそんなことを考えた。

「さ、着きましたよ」

そう言って三島が立ち止まったのは、駅から10分歩かないくらいの、こぢんまりとしたアパートだった。

確かに、見覚えがある。俺はここに来たことがあるのだ。

だというのに……なんだかあの時とは違う雰囲気《ふんいき》を感じた。

あの時は、沙優《さゆ》を迎《むか》えに来ただけだった。

しかし、今回は、三島の家に入り、そこで話をするというのだ。それも、込み入った話を、だ。

なんだか……普段《ふだん》感じないような緊張《きんちょう》があった。

「どうぞ」

アパートの階段を上り、3階にたどり着くと、その真ん中あたりの部屋が三島の家だった。

三島が扉《とびら》を開け、俺を家へと誘《さそ》い入れる。

「お邪魔《じゃま》します……」

靴《くつ》を脱《ぬ》ぎ、三島の家へと上がった。

1LDKの部屋、そのダイニングキッチンに通されて、あまりきょろきょろしてはいけないなと思いつつも、自然と視線が動いてしまう。

物が少なくて、小綺麗《こぎれい》な部屋だった。

テーブルや椅子《いす》は白色と黒色で揃《そろ》えられていて、間取りの割には広く見える。

意外とも言えるし、三島らしいとも言える……なんとも言い難《がた》い、「彼女らしさ」を感じる部屋だった。

いや、そもそも……俺はきっと、三島のことを、あまり知らない。

三島の部屋がどんなものであったとしても、「三島らしい」なんてことを思っていたかもしれない。

しかし、上がり込んで無言でいるのもなんだか居心地《いごこち》が悪く、気付けば、思ったことをそのまま口にしていた。

「部屋、綺麗にしてるんだな」

俺がそう零《こぼ》すと、三島は目を丸くして、数秒間呆気《あっけ》に取られたように俺を見た。

また何かまずいことを言ってしまったか……と、思った途端《とたん》に。

「あははっ」

三島は突然、破顔した。

心底可笑《おか》しそうにくすくすと笑う三島。今日イチの笑顔《えがお》だった。

「な、なんだよ……」

ほっとするのと同時に、何をそんなに笑っているのか理由が気になった。

しかし、三島はかぶりを振《ふ》って、バッグを粗雑《そざつ》に床《ゆか》に放《ほう》り投げてから、上着を脱ぎ始めた。

「いや、なんでも……ふふ、おかしい」

クローゼットを開き、中からハンガーを二つ取り出す三島。

片方に自分のジャケットをかけ、もう片方のハンガーを俺に渡《わた》してくる。

「どうぞ」

「お、おう……ありがとう」

依然《いぜん》として頬《ほお》が緩《ゆる》んでいる三島からハンガーを受け取り、ジャケットをかけると、三島はそれを受け取り、窓際《まどぎわ》に行き、カーテンレールにかけた。

そして、ぽつりと呟《つぶや》く。

「……良かった、こまめに掃除《そうじ》してて」

それから、バッと俺の方を振り返り、首を傾《かし》げた。

「コーヒー、飲みますよね？」

「あ、ああ……もらおうかな」

「ソファ、適当に座っててください」

「……じゃあ、お言葉に甘えて」

手伝うよ、と言いたいところだったが、嫌な顔をされ突《つ》っぱねられるのがオチだ。大人しく言われたとおりに居室のソファに腰掛《こしか》ける。

ソファの向かいには、かなり大きめのテレビが置いてあった。この部屋の中で一番存在感のある電化製品だ。

三島がテレビを見ている印象はあまりない。彼女からその手の話題が出ることがないからだ。

きっと、彼女はこの大きなテレビで映画を観《み》ているのではなかろうか。

いや、案外、口には出さないだけで休日はテレビ番組を見ながらごろごろしたりしているのかもしれない。

そんなことを考えて、やはり、俺は彼女のことを全然知らないのだなと思い知る。

三島は、静かにコーヒーを淹《い》れている。

居室にかけられた壁掛《かべか》け時計が秒針を鳴らす音。

やかんから徐々《じょじょ》に蒸気が噴《ふ》き出してくる音。

そして、俺が身じろぎをした時にかすかに鳴る衣擦《きぬず》れの音までもが。

やけに大きく聞こえてくる。

数分が経《た》ち、芳醇《ほうじゅん》なコーヒーの香《かお》りが漂《ただよ》ってきた。

そして、三島が二つのマグカップを持って、居室へやってくる。

「ミルク要《い》ります？　砂糖も」

「いや、せっかくだしブラックで」

「ふ、何がせっかくなんですか」

カップを手渡され、おずおずと受け取る。

その際に、少しだけ指が触《ふ》れ合った。三島がハッと息を吸う音が聞こえた。

視線を上げると、一瞬三島と目が合う。しかし、すぐに逸《そ》らされた。

三島は咳払《せきばら》い一つ、おもむろに俺の隣《となり》に腰掛けた。

二人掛けソファに二人で座るのは、肩《かた》がくっつきそうなほどに距離が近くて……少し、どぎまぎしてしまう。

それは三島も同じのようで、気まずい沈黙《ちんもく》が続いた。

ずず、ずず、と数口コーヒーを飲んでから。

三島は小さく息を吐《は》いて、言った。

「この前は……すみませんでした」

「え？」

思わず、三島の方を見る。

まさか、俺が謝られるとは思ってもみなかった。俺が謝りに来たつもりだったのに。

「言いたいことを言うだけ言って、逃《に》げるように帰ってしまって」

「ああ……いや……それは……」

なんと答えたらよいか分からず、口ごもってしまう。

お前が悪いわけじゃない。そう言いたかったのに、何故かその言葉は口から出なかった。

多分、俺も、あの日の彼女の行動に戸惑っていたからだ。

「あんなことを言ったら吉田センパイが困ることくらい分かりました。でも止まらなかった……」

　三島はカップを指で撫《な》でながらそう言った。

「あんなつもりじゃなかったのに……ごめんなさい、本当に」

　俺は今度こそ、首をはっきりと横に振る。

「お前が悪いわけじゃない…………って言っても、きっと納得《なっとく》しないよな。でも、絶対に、お前『だけ』が悪いわけじゃない。それは言える」

　俺はあの時、明確に三島の中の触れられたくない部分に触れてしまったのだ。そして、それがなんだったのかすら、分かっていない。

「……それだけ、お前にとっては大事なことで……ずっと言えなかったことなんだろ」

　俺がそう言うと、三島はなんとも言えない表情で頷《うなず》いた。

「……はい」

「…………悪かった。気付いてやれなくて」

「そんなの仕方な…………いや、まあ、結構アピールしてたつもりでしたけど……」

「橋本《はしもと》にも言われたよ」

「橋本さんには言ったんですか！」

顔を赤くして俺を見る三島。

これぱかりは嘘《うそ》をついても仕方がない。俺は素直《すなお》に頷いた。

「そりゃ、言うさ。親友だぞ。それに……一人で抱《かか》えきれるようなことじゃなかった」

俺の言葉に、三島は息を詰《つ》まらせて、奥歯を噛《か》むようにして口を閉じた。

再び沈黙が訪《おとず》れる。

時計の音が、大きく聞こえる。

さっきは、三島から会話を始めてくれた。今度は、俺から切り出す番だと思った。

「確認《かくにん》なんだけどさ……」

ソファの前に置かれているローテーブルにマグカップを置いて、俺は三島の方へ身体《からだ》を向け、正面から彼女を見据《みす》えた。三島も同じようにカップを置き、緊張の面持ちを浮かべる。

「……はい」

三島はひるむように視線を逸らしたが、ちらちらとこちらに視線を戻したりはずしたりを繰《く》り返す。

「その、俺にキ、キスをしたのって……あれは、本気なんだよな？」

俺が訊《き》くと、三島はスン、と鼻を鳴らしてから、少し顔を赤くしながら頷いた。

「本気に決まってるじゃないですか。イタズラでキスするほどチャラついてないですよ」

「わ、分かってる。確認だよ、確認……」

俺も顔の温度が上がるのを感じながら、首を振る。

妙《みょう》に照れ臭《くさ》い気持ちになっている。

しかし、今はそんな高校生のようなウブな気持ちに揺《ゆ》さぶられている場合ではない。

ゆっくりと息を吸って、吐く。

「じゃ、じゃあ……ちゃんと返事をしないとだよな」

俺がおもむろにそう言うと、三島は急に緊張したような表情になり、首をぶんぶんと横に振った。

「い、いいです！　返事は！」

「え？」

驚《おどろ》いて三島の目を見ると、彼女は苦笑《くしょう》を浮《う》かべて、再度かぶりを振った。

そして、瞳《ひとみ》を伏《ふ》せて、言う。

「……分かってるので、いいです」

諦観《ていかん》の滲《にじ》み出た三島の言葉に、なんと答えたらよいか分からなくなる。

彼女がそう思うのも無理はない。なぜなら俺は三島の気持ちに気付くこともなく、いつもつれない振る舞《ま》いをしていたのだから。

何も言えない俺を見て、三島は失笑した。

「そんな顔されたら、馬鹿《ばか》でも分かりますよ」

そう言って、三島は遠くを見るような目をした。それから、少し優《やさ》しい声色《こわいろ》で続ける。

「それに……やっぱり、私が全部悪いです。吉田センパイに謝ってもらうようなことは何一つありません。私が勝手に、誰《だれ》にもぶつけられなかった思いを吐露《とろ》して、八つ当たりしただけ。それだけです」

「でも、お前はつらかったんだろ、ずっと」

俺の言葉に、三島は一瞬《いっしゅん》表情を硬《かた》くする。

「そんなの……吉田センパイが気にすることじゃないです」

「だとしても！　俺のせいで苦しんだんだったら……」

「やめてくださいよ！」

三島が声を上げた。心臓が跳《は》ねる。

彼女は、ふいに噴き出してしまった感情を押しとどめるように、低い声で言う。

「私の勝手ってことにしてくれたらいいじゃないですか……」

「お前の、勝手？」

「そうですよ。私が勝手に吉田センパイに恋《こい》して、それが叶《かな》わないと分かって、子供みたいに拗《す》ねて見せただけです。ごくありふれた失恋《しつれん》ですよ。それって吉田センパイが私を傷つけたことになりますか？　違《ちが》いますよね、私が勝手に傷ついただけ。吉田センパイに何も非はありません」

「そんなこと言ったら、なんだって、個人の勝手だろ。それでもお前が苦しんだ事実は変わらない」

「だから……そうじゃなくて……」

「そうじゃないってなんだよ。お前、泣きそうになってただろ。大人が人前でそんなふうになるなんて、相当つらかったってことだろ。それを『自分の勝手』で片づけてたら、お前だっていつまでも気持ちの整理が……」

「だから！　やめてくださいよッ！」

三島が叫《さけ》んだ。室内の空気がびりびりと揺れたような感覚がある。

出かけていた言葉が喉《のど》につかえてしまった。

三島は俺を睨《にら》みつける。

「どうしてそうやっていつもいつも、他人のことをいちいち自分に引き寄せて考えるんですか？　それで傷ついたり疲《つか》れたりするのは吉田センパイじゃないですか」

「だって、俺は……」

「私にも嫌《きら》われたくないですか？」

三島の言葉に、胃のあたりがヒヤリとする。

誰にでもいい顔をしたいだけなのかもしれない。

そんな俺の言葉を、彼女は覚えていたのだ。そして、俺のウィークポイントとして、鋭《するど》く、そこを突《つ》いてきている。

三島は、言葉と同じように鋭い視線を俺に向けた。

「女としては興味ないし、付き合う気もないけど、それでも私にいい顔したいですか？誰のことも傷つけない人間でいたいですか？」

「そんなことは……」

「私は、吉田センパイのそういうところが……ッ！　き、き……」

勢いよくそこまで言って、三島の目が潤《うる》んだ。視線がうろうろと動き、彼女はついに顔を伏せる。

三島の喉から嗚咽《おえつ》が漏《も》れた。

「み、三島……？」

「くっ……なんで……」

三島は鼻声になりながら、首をぶんぶんと振《ふ》る。

「分からない……」

「え？」

「分からないんです……！」

三島は熱を吐き出すように、言葉を続けた。

「鬱陶《うっとう》しい人だと思いました。私に何も押し付けずに、見守るようなポジションにいつだっていて、私に興味があるのかないのか分からなくて……でも決して見放さないあなたに、イラついてた……」

ぽたぽたと涙《なみだ》を零《こぼ》す三島。

俺は彼女の感情の吐露を、何も言えずに、聞いている。

「イラついたけど、気になった。あなたが、私を見限る瞬間が怖《こわ》くて、同じくらい、見限ってほしかった。いつまでも仕事を覚えない私を、突き放してほしかった」

「でも、お前……ちゃんと仕事するようになって……」

「突き放してほしいのに！　突き放されるのが怖くなったんです！」

三島はぐずるように言った。

「いつも……いっっつも！　私の心と行動はちぐはぐでした。あなたにさっさと嫌われて楽になりたかった。でも、嫌われるのが怖かった。そんな『ちぐはぐ』を続けているうちに……」

三島は顔を上げ、ぐちゃぐちゃな顔で俺を見る。

「これが恋だって、気付いちゃったんです。私、吉田センパイのどこが好きなのか、何が好きなのか分からないのに、どうしようもなく、あなたに惹《ひ》かれてたんです……！」

「み、三島……」

「知りたくなかった……こんな意味の分からない気持ち……物語の中だけで良かった……恋物語を、他人事《ひとごと》みたいに見てるだけで良かったんです私……なのに……！」

三島は我慢《がまん》ならぬとばかりにもう一度、顔を伏せて、涙を零しだす。

俺は、どうしてよいか分からずおろおろした末、おそるおそる、三島の背中をゆっくりと撫でた。

震《ふる》える三島の背中の小ささに、驚く。

生意気で、気丈《きじょう》な女性だと思っていた。けれど、こうして背中を丸めながら泣く彼女は、か弱く、繊細《せんさい》な女性に見えた。

こんなにも小さな身体に、たくさんの感情を詰め込んで、精いっぱい恋愛していたのだ。

それを、俺は気付きもせず、ずっと……。

「やっぱり……俺は、三島を傷つけてたんだな」

思わず俺が零《こぼ》すと、三島は顔を伏せたまま、首を横に振る。

しかし、その優しさに甘えて、じゃあ俺は悪くないのだと言える状況《じょうきょう》ではない。

「俺は……俺の見かたでしか周りのことが見れてなくて、お前が、そんな風に俺のこと思ってくれてるなんてこともまったく分からなくて……」

「そんなの、誰だって、そうです……！」

「でも、お前は、そういう気持ちを押し殺して、俺と後藤さんのこと、それから、俺と沙優のことに、たくさん助言をくれてただろ」

「それは、私が……」

「三島は、優しいんだな」

「違う……違います……ッ！」

「俺から見たら、そうだ。お前は優しくて、その優しさに俺はずっと甘えてて、それで、お前を傷つけ続けてた」

「だから、違うって言ってるじゃないですかッ！」

三島はついに叫んで、ぐしゃぐしゃな顔で俺を睨みつけた。

「あなたのそういうところが、大っ嫌い!!」

『嫌い』という言葉がはっきりと発されて、俺は息を詰《つ》まらせた。

「自分の見かたでしか物事が見れてない、とか反省したフリしながら、結局吉田センパイのフィルターを通してしか私のこと見てないじゃないですか！　私が優しいだなんて、お門違《かどちが》いも甚《はなは》だしいんですよ、そうやって私のことを甘やかすから……！」

　甘やかす、という言葉に引っかかりを覚える。そんなつもりはない。

「俺から見たら、お前は優しいんだよ。実際、そういう気持ちを抱《かか》えてたのに、今の今まで我慢してたんだろ、三島は！」

「じゃあ！　どうしてくれるんですか⁉　傷ついた私を慰《なぐさ》めてくれますか？　私のことを好きだと言って、抱《だ》きしめてくれますか？」

「それは……」

「できないですよね。吉田センパイは私のことなんとも思ってませんもんね。でも、私があなたに求めてるのはそういうことなんですよ。馬鹿みたいに、『男』としての吉田センパイを求めてるんです。自分勝手に、あなたを求めてる！　そして、そういう関係になることはないんだと分かっていて、勝手に傷ついてるだけなんです！」

　三島に捲《まく》し立てられて、奥歯を噛《か》む。

　歯がゆかった。

　三島は、すべてを自分自身のせいだと言い張って、やまない。

しかし、本当にそうなのか？

自分の鈍感《どんかん》さ、そして無神経さがゆるやかに彼女を傷つけ続けたのではないのか？　能天気に後藤さんや沙優のことを彼女に相談して、彼女に自分の抱えるべき問題をシェアし、やるべきことに繋《つな》がるヒントをいくつももらったというのに……自分は、そのたびに彼女の欲しい『答え』に繋がる糸をぐちゃぐちゃに絡《から》ませていたのではないか？

確かに俺は、三島の恋人《こいびと》になることはできない。彼女のことを異性として好いているわけではないからだ。

それでも……彼女から与《あた》えてもらったものに対して、誠実に報《むく》いる努力は、するべきだと思うのだ。

「俺は……お前にたくさん助けてもらったよ」

俺は、三島の目を見ながら言った。

「お前のおかげで、沙優との向き合い方を改めて考えることができた。お前のおかげで……沙優あの時しなければいけないことの優先順位を見直すことができた。お前のおかげで……沙優自身も、少し救われてた。お前がいなきゃ……沙優は、北海道に帰ることだって、できなかったかもしれない」

俺の言葉を聞きながら、三島は瞳《ひとみ》をうるませる。ぐっ、と奥歯を噛んでいるのが分かる。

「俺だけじゃダメだったんだ。俺はたくさんの人に助けられて、そのおかげで……中途《ちゅうと》半端《はんぱ》な気持ちでかくまった沙優のことを、最後まで面倒《めんどう》見ることができた。俺のような〝欠陥品《けっかん》〟には、三島や、橋本や、後藤さんや、神田先輩《せんぱい》の助言がなかったら……到底《とうてい》無理だったんだ。誰《だれ》かを助けるなんてことは」

「そんなこと……ないです」

「あるんだよ、三島」

「だって、あなたは、手を差し伸《の》べるじゃないですか……！」

三島が言った。

「ひとに手を差し伸べるっていうことは、その人の人生にかかわるっていうことなんですよ……！　大人は、そういうことに臆病《おくびょう》になるんです。なのに、吉田センパイは、ごちゃごちゃ考える前に、手を差し伸べるんです」

三島はボロボロと涙を流している。

「私だって同じです。吉田センパイにはそんなつもりはなかったかもしれない。でも……誰からも期待されてなかった私のことを、一人の人間として、見てくれました。だから……だから……」

三島は嗚咽を漏らしながら、ついに、言う。

「そんなあなただから……私……ッ！　嫌いなところばっかりなあなたのことを……好きになっちゃったんだもん……！」

三島の告白に、言葉を詰まらせる。何も言えなかった。

苦しい。

こんなにはっきりと、彼女の中の強い感情をぶつけられても、どう答えてよいのか分からないことが、苦しくて、胸が痛かった。

「手を差し伸べられることが、あんなに嬉《うれ》しいなんて、私、知らなかった。ずっと、見ないようにしてたんです。他人の嫌《いや》なところを見ないように見ないように、見てしまったなら受け流すように、そうやって生きてきた。だから、同じように、みんな私のことを見なかった。都合のいい人間として、私のことを受け流して、そうやって、私の世界は上手に回ってた。でも……！　あなたと出会ってから、私は……！」

三島は叫《さけ》ぶように、言った。

「私の人生の中心に私がいることに、気が付いちゃったんです……ッ！　それが、こんなにつらくって……ドキドキして……生きてる感じがすることだなんて、知らなかった！」

子供のようにぼろぼろと涙を流しながら、三島は顔を両手で覆《おお》い隠《かく》した。

「私……自分の人生を生きたことがなかったんです、きっと……なのに、吉田センパイが、私を……私の人生に立たせるんです……それが嫌で、嫌なのに、ドキドキして……わけ分かんなくて……！」

「三島、大丈夫《だいじょうぶ》だ。落ち着いて」

「うう……ううぅ……ッ！」

三島は嗚咽《おえつ》をこらえきれず、うなるように涙を流す。

「私も……吉田センパイに助けられました……！　でも、助けてほしくなんてなかった……！　助けられて、嬉しくて、苦しくなって……私……もう……！」

三島は熱い息を漏《も》らしながら、言った。

「どうしたらいいか……分からない……ッ！」

「三島……」

泣きじゃくる三島。

出会ったばかりの頃《ころ》、俺の中で三島という女性は『不思議なヤツ』という印象だったのをよく覚えている。

仕事ができないくせにやけに堂々としているし、それが周りにも受け入れられているような空気があった。

普通《ふつう》、職場という『仕事をするために来ている』場所では、仕事が上手《うま》くいかなければ申し訳ない気持ちになったり、居づらさを感じたり、そういう息苦しさを覚えるものだと思う。俺自身、仕事でミスをすると誰に怒《おこ》られるまでもなく、自分自身で負い目を感じていた。仕事ができない奴《やつ》だと思われるのが、嫌だった。

しかし三島は違った。

いつだって不自然なほどに自然体で、自分が他《ほか》からどういうレッテルを張られようがどうでも良さそうだった。

俺は、そんな彼女を見てどこか『羨《うらや》ましい』と思うのと同時に、ムカつく奴だとも思った。

三島が俺のプロジェクトの部下になった時、俺は『ここでは「できません」じゃ許さないぞ』と思ったのをよく覚えている。

できないと言われれば「できるまでやれ」と返し、やり方が分からないと言われたら「やり方を教えてやる」と返した。

俺の中でその行為《こうい》は、「甘えを許さない」という意味だったのだが、それが、彼女の中で「自分を認めてもらえた」という認識《にんしき》に化けているなんて、考えたこともなかったのだ。

沙優のことを思い出す。

初めてあいつの前でタバコを吸った時のことだ。

ベランダに出ようとする俺に、沙優は「優《やさ》しいんだね」と言った。

でも、俺からしたらそんなのは当たり前のことで、あいつに対する優しさでそうしたわけじゃなかった。

同じだ。

本人の歩んできた人生が、そいつの意識や価値観を作っていく。

やっぱり、俺は三島という人間への理解度が足りてなさすぎたのだと思う。

彼女の言うように、すべてが俺のせいだとは言えないだろう。他人のことを理解するのは、誰にだって難しい。

けれど、そのための機会はいくらでもあったはずなのだ。

思い返せば思い返すほど、三島は積極的に俺に対してアクションを起こしていた。でも、俺は自分のフィルターを通して彼女を見つめながら困惑《こんわく》するばかりで、彼女の行動の奥にある感情を考えてみようとしていなかった。

そして、三島はついに、こうして俺の前で泣いている。

かける言葉が思いつかず、背中を丸めながら泣く三島をおずおずと撫《な》でることしかできない。

しばらくそうしていると、三島がふいに身体《からだ》を起こし、俺の胸に飛び込むようにして、顔を押し付けた。

「み、三島……？」

突然《とつぜん》のことに動揺《どうよう》する。

しかし、三島は俺の胸で震《ふる》えていた。

「少しだけ、このままでいさせてください……少しだけでいいから……」

小さな声で三島がそう言う。

俺はゆっくりと息を吐《は》いてから、頷《うなず》いた。

「……ああ、分かった」

三島の背中におそるおそる手を回して、撫でる。

三島が再び嗚咽を漏らし、俺の胸で泣きじゃくった。

俺の胸に顔を押し当てる三島は……いつも以上に、小さく見えた。

11話　移入

どれだけの時間、そうしていたか分からない。

思う存分泣き、涙《なみだ》が出なくなった三島《みしま》は、ゆっくりと俺の胸から顔を離《はな》した。

そして、力の抜《ぬ》けた声で呟《つぶや》いた。

「……ごめんなさい」

「いや……いいよ。落ち着いたか？」

「……はい」

三島は鼻を真っ赤にしながら、顔を伏《ふ》せる。

気まずい沈黙《ちんもく》。

何か言った方が良《い》いか、と考えるけれど、今は何を言っても気休めのような言葉にしかならないと分かっている。

彼女が言ったように、俺は彼女の気持ちに応《こた》えることはできないのだ。

沈黙を切り裂《さ》くように、三島が口を開いた。

「映画」

「え？」

「映画観《み》ませんか？」

三島はそう言って、おもむろにソファから立ち上がる。

そして、テレビの置かれている台に備え付けられている棚《たな》から、一本の Blu-ray のパッケージを取り出した。

「あ……それ……」

見覚えのあるタイトルだった。

三島は穏《おだ》やかに笑って、頷く。

「吉田《よしだ》センパイと一緒《いっしょ》に映画館で観た映画です」

「もう、円盤《えんばん》出てたのか……」

「ちょっと前に」

三島はディスクを取り出して、デッキに挿入《そうにゅう》した。

「懐《なつ》かしい……」

そう呟いてから、俺の隣《となり》に座り直す三島。

リモコンでテレビをつけ、彼女がぽちぽちとボタンを押すと、映像の再生が始まった。

今から映画を観始めてしまったら、きっと終電を逃《のが》すことになるだろうが……断る気にはなれなかった。最悪タクシーで帰れば良いのだ。

それに、散々お互《たが》いの心中を吐露《とろ》しあった後になると、なんだか三島と並んで映画を観ることには不思議な安堵感《あんどかん》があった。

俺と三島のプライベートな時間は、いつも映画を観てばかりだったから。

三島は再びリモコンを操作し、円盤に収録されている予告編を飛ばしていく。

本編が始まると、俺と三島は無言で、映画を観た。

観たことのある映画をもう一度観るという体験は、大人になってからは初めてだった。

小さい頃は、好きなアニメ映画を何回も観たりしたこともあった気がするが、もはや遠い過去の思い出だ。

キャンパス内でたまたまぶつかったことから始まる恋物語《こいものがたり》。

以前はこういう、『偶然《ぐうぜん》の出会い』に強く共感することはなかったが、沙優《さゆ》との出会い、そしてそこから広がった交友関係を経て、俺にも少し、こういうものが分かるようになった気がする。

『運命の出会いは、後になってから分かる』
「…………！」
聞き覚えのあるその台詞《せりふ》が、登場人物から発せられた時に、思わず息を呑《の》んだ。
思い出したのだ。
『もし私の運命の相手が！　吉田センパイだったらどうしますかー！』
三島の言葉が、フラッシュバックする。
そうか。
あの時から、すでに……三島は俺のことを想《おも》ってくれていたのか。
それに気づいた途端《とたん》に、胸が痛んだ。
自分がいかに鈍感《どんかん》で、無神経かを思い知る。
俺のような人間が、きっと……運命の出会いに、後から気が付くのだ。
『出会ってるのは、今なんですよ。前でも後でもなくて、その時なんです』

『その時に、気付きたいじゃないですか。これは運命の出会いなんだ、って』

『私は、今がいいんです。昨日も明日《あした》もどうでもいい。今以外に私は生きてないんですから』


映画が進んでいくにつれ、作品のテーマである『運命』という言葉が多く使われるようになった。

そのたびに、俺の頭の中には三島の過去の言葉が蘇《よみがえ》るのだ。

三島の言葉の一つ一つが思い出されて、苦しくなる。

自分の人生を生きたくなかった。ドキドキに気が付きたくなかった。

そんなことを言いながら、三島は、精いっぱい、その感情と闘《たたか》っていたのだ。

前向きに、ひたむきに、自分の恋愛《れんあい》を、考えていた。

それに気付いた途端に、じわりと視界がゆがんだ。

やっぱり、俺と三島は違う。違って当たり前だが、それでも、大きく違うと思った。

『レゾンデートルの海』を観ながら、隣でぼろぼろと泣く三島を見た時、「こんなに映画に感情移入できるなんてすごいな」なんてお気楽なことを考えていた。

根本的に、勘違《かんちが》いしていたのだ。

きっと、三島には、三島の物語がきちんとあったのだ。

そして、そこで得た感情が、他《ほか》の物語と繋《つな》がっていく。繋がっていくから、感情移入する。そうやって、一つ一つの物語を受け止めて、三島は思考を深めていっていたのだと思う。

でも、俺は違った。

いつもいつも、他人の物語に目を向けてこなかった。

同じように、自分の物語にも無頓着《むとんちゃく》だった。

自分に物語があることなど考えてもみなかったのだ。

何に対しても鈍感で、いろいろなものを取りこぼしていく。

そうして、三島からの必死のアプローチも、見逃《みのが》した。

なんて、間抜けなのだろう。

俺は、知らず知らずのうちに三島に手を差し伸《の》べたのだという。

彼女は、それが嬉《うれ》しかったと言った。

でも、差し伸べるだけ差し伸べた手を、俺はいつのまにか引っ込めて、彼女を一人にしてしまった。

俺の行動によって、三島の中に物語が生まれていることなど、知ろうともしなかったのだ。

どのみち、彼女の気持ちに応えることはできなかった。それは変わらない。

それでも、彼女の中に生まれた、自分が生まれさせた感情を放置して、その気持ちに必死に向き合っていた彼女を苦しめてしまったことが、悔《くや》しくてたまらない。

そんなことを考えながら映画を観ていると、以前観た時とはまるで違って見えた。

凡庸《ぼんよう》な話だ。

田舎《いなか》から上京してきて右も左も分からない大学生の女の子が、キャンパス内でたまたま肩《かた》をぶつけてしまった青年に助け起こされて、恋に落ちる。

そして、青年との物理的な別れを目前にして、『これは運命の恋だから』と、その青年に絶対についていくことを決める。

ひたむきさだけで、感情の大きさだけですべてを押し切ってしまうラブストーリー。

でも……『ただぶつかっただけ』から始まる恋心を、もう『馬鹿馬鹿《ばかばか》しい』とは言えないと思った。

ただあの時出会ったから、俺は沙優との関《かか》わりを得た。

そして、俺は、三島のことを、自分でも知らず知らずのうちに『まっすぐ見つめた』のだという。

そこから、彼女の恋は始まっていた。

映画の中で繰《く》り広げられるラブストーリーが、自分の人生との関わりを主張してくるたびに、涙腺《るいせん》がどんどんと緩《ゆる》むのを感じた。

ついに、こらえきれずに涙が零《こぼ》れる。

隣の三島が、深く息を吸い込むのが分かった。横を向くと、三島が俺の横顔を見つめていた。

正面から目が合った。

涙で滲《にじ》んだ俺の視界の中で、三島の顔はゆがんで見えている。

泣き顔なんて見られたくなかったが、涙は次々と溢《あふ》れ出して、止まりそうになかった。

「吉田センパイ……？」

「三島……ごめんな……」

「ど、どうしたんですか……センパイが映画で泣くなんて……」

映画で泣いてるわけじゃない。首を横に振《ふ》る。

「俺……お前が頑張《がんば》ってたこと、全部見逃してて……精いっぱいだったこと、知らなくて……」

俺が涙を零しながらそんなことを言いだすのを聞いて、三島はいよいよ慌《あわ》てたように俺の腕《うで》を摑《つか》んだ。

「ちょ、ちょっと……大丈夫《だいじょうぶ》ですか……！」

「ご、ごめん……ごめんよ……」

涙が止まらなかった。三島は慌てて映画の再生を止め、おろおろとしたのちに、垂れていく俺の頭を支えるように抱《だ》いた。

「センパイ、大丈夫です。センパイ……」

「ごめん、三島……ごめん……」

三島に抱かれながら、俺は生まれて初めて、映画を観ながら泣いた。

＊

「すまん……」

「いえ、大丈夫ですけど……」

三島が泣き止《や》むまで背を撫《な》でていたと思えば、今度は俺が泣き止むまで三島に頭を撫でられる形となった。

大のオトナが、恥《は》ずかしい。

涙《なみだ》が止まってから、急に羞恥心《しゅうちしん》が湧《わ》きだしてきた。

三島から身体《からだ》を離《はな》し、まっすぐ座り直す。

三島の身体に長い間頭を預けていたから、彼女の衣服から漂《ただよ》っていたなんだか甘い匂《にお》いがまだ鼻腔《びこう》に残っているような気がした。

高校生くらいの頃《ころ》は、同世代の女の子から「甘い匂い」がしてくることについて、そのまま「女の子って甘い匂いがするんだな」と捉《とら》えていたのをよく覚えている。

そして、年齢《ねんれい》を重ねてから、「女の子は匂いに気を遣《つか》っているから良《い》い匂いがするのである」と知るのだ。

相当体臭《たいしゅう》に気を遣っている人間でもなければ、基本的に男から良い匂いがしてくることはない。あったとして、せいぜいシャンプーか、匂いが強めの衣服洗剤《せんざい》の香《かお》りだ。

女性はオシャレの一環《いっかん》として、香り高いコンディショナーやヘアオイルを使ったり、香《こう》水《すい》を使ったりしているから、良い匂いがするわけだ。

今になって、俺は三島の女性らしさを感じて、皮肉な気持ちになる。

別に、三島は『俺のために』身なりに気を遣っているわけではないだろう。社会人としての身だしなみで甘い香りをさせているのだろうが、それでもきっと、俺にそういう細かい部分に気付いて欲しかったんじゃないかと思う。

「続き、観《み》ます？」

俺が落ち着いたのを見て、三島はリモコンを握《にぎ》った。

「……ああ。悪い、中断させちまって」

三島は薄《うす》く微笑《ほほえ》みながら首を横に振る。

そして、再び映画の再生を開始した。

運命の恋。

そしてその恋に降りかかるさまざまな障害を払《はら》いのけ、主人公とその意中の青年は最終的に結ばれる。

前回観た時は、「甘酸《あまず》っぱい映画だな」と思ったが、今はなんだか苦い気持ちだった。

恋愛の成就《じょうじゅ》。

大抵《たいてい》の恋愛物語では、なんだかんだで主役の二人は結ばれることが多いと思う。いや、そんなにたくさん物語に触《ふ》れているわけではないから適当なことは言えないが、そうでなければすっきりしないのだから、多分、そうだ。物語の中でもモヤモヤとした気持ちを抱《かか》えたい人がどれだけいるだろうか。

しかし、実際に、恋愛の末『両想いで付き合う』という結果に繋がる人たちがどれだけいるのだろうか。

大人になると、中学や高校の時より『誰《だれ》かと付き合う』ということに対するハードルは低くなっているような気がしていた。高校の頃は、カップルはそう沢山《たくさん》いなかった。学年の三分の一も付き合っている生徒がいたら多い方……というくらいの認識《にんしき》だ。

でも、大学生になったり、大人になったり……年齢を重ねていくと、なんだか俺の周りにも、彼氏彼女がいる人間は増えていった。

そういうヤツらに話を聞くと、相手から告白をされて、「まあ付き合ってみてもいいか」と思ったからそれを受け入れた……だとか、その逆だとか、そんな話ばかりだ。

お互《たが》いに想《おも》い合い、その結果恋仲《こいなか》に発展するというような恋愛は、どんどんと俺にとって『現実味のない話』になっていく感覚があった。

それでも泣けたのは、恋の『ひたむきさ』に当てられたからなのだろう。結末よりも、過程に惹《ひ》かれた。

そして、三島に告白をされたということを加えて考えると、なんともビターな気持ちになるわけだ。

もし俺が三島と同じ気持ちを彼女に対して感じていたとすれば、それこそ美しい物語のように、大団円を迎《むか》えられただろうに……実際はそうはならなかった。

気持ちに応《こた》えることができない、という事実があるのに、そのことを悲しく思う気持ちがあるのは、どうも不思議な気分だった。

恋愛についてぼんやり考えながら映画を観ていると、幸せな二人の今後が少しだけ示されて、エンドロールが流れ出す。

エンドロールの間、俺も三島も無言だった。

下から上に流れゆく文字列を眺《なが》めていると、ふつふつと、「これでいいのか」という気持ちが湧いてきた。

三島に告白をされ、「返事はいいです」と言われ……もはやすべては終わったという空気が流れている。

それでも、想い合う二人が告白をし合って結ばれる映画を観てしまっては、このままで良いとはとうてい思えなかった。

気持ちに応えられないとしても。

明確な『終わり』を告げる必要はあるのではないか。

エンドロールが終わる頃、俺はもう一度、決意を固めていた。

12話 キス

「終わりましたね」

映画が終わり、エンドロールが流れ終わった頃に、三島《みしま》はおもむろに口を開いた。そして、遠慮《えんりょ》がちな目で俺を見た。

「……落ち着きました？」

散々泣いてしまった後だ。未《いま》だに三島に気を遣われていて、俺は苦笑《くしょう》を漏《も》らす。

「……悪い、もう大丈夫だ」

「なら、良かったです」

三島は薄く微笑んで、テーブルの上に置かれていた、すっかり冷めたコーヒーを一口飲んだ。それから、ゆっくりと息を吐《は》く。

「……どうして、泣いてたんですか？」

その質問に、俺は少しの沈黙《ちんもく》の末、答える。

「お前とこの映画を観た時のことを思い出したんだよ」

「……私も、思い出してました」

三島はそう言って、笑った。

俺も、つられて笑う。

「俺、あの時、お前に告白されてたんだな」

「今更《いまさら》気付いたんですか？　遅《おそ》すぎますよ」

「気付けなくて、悪かった」

俺がそう言うと、三島はゆっくりとかぶりを振った。

「気付かないのが、吉田《よしだ》センパイですよ。それに、あの時気付かれてたら、もっと大変でした」

「そうかな。お前をこんなに苦しめずに済んだ」

「苦しいとか、どうしたらいいか分からないとか……そんなの、当たり前ですよ。当たり前のことを、泣きながら言ってみただけです」

「また、自分のせいみたいな言い方を……」

「だって、私のせいだもん。だけど、吉田センパイのせいでもあるんです。それだけです」

三島は、吹《ふ》っ切れたような言い方をしている。けれど、彼女の表情はまだどこか、言い知れぬ暗さをまとっているような気がした。

やはり、このままではダメだと思った。

「なあ、三島」

三島の方へ身体を向けると、三島はたじろいだように、表情を硬《かた》くする。

「ちゃんと、返事をしていいか？」

目を見てそう言うと、三島はその言葉が来るのを分かっていたように苦笑を漏らしてから、「待ってください」と言った。

三島も、身体を俺の方へ向けた。

「順序が逆です」

「え？」

「私、まだ、ちゃんと言ってない」

三島はそう言ってから、すう、と息をゆっくり吸い込んだ。

それから、頬《ほお》を赤くして、まっすぐに俺を見つめる。

「私、吉田センパイのことが、好きです」

真正面からの告白を受けて、ドキリと心臓が跳《は》ねるのを感じた。

そういえば、そうだった。

キスをされて、「どうしてこんな人、好きになっちゃったんだろ……」と言われ……俺はようやく三島の気持ちを知った。

でも、それでも、きちんと告白されたわけでは、なかったのだ。

「センパイの性格は、大っ嫌《きら》いです。いつも、あなたにイライラします。でも……好きです。センパイは初めて私に手を差し伸《の》べてくれた人だから。大好きです。あなたに会ってから、あなたのことばかり考えてました」

そう言って、三島は柔《やわ》らかな微笑みを浮《う》かべる。

それは恋する乙女《おとめ》のようであって、同時に、すべてを悟《さと》ったような笑顔でもあった。

「私と、付き合ってください」

胸を締《し》め付けられる思いだった。

しかし、彼女がはっきりと言葉にしたなら、自分も、そうしなければならない。

「……ありがとう、三島」

「はい」

「でも、俺には……他《ほか》に、好きな人がいるんだ」

「……はい、知ってます」

「だから……三島の気持ちには応えられない」

「…………はい……ッ」

涙《なみだ》をかみ殺すように、三島はぐっ、と奥歯に力を込めた。

そして、目尻《めじり》の涙をすくって、微笑んだ。

「……やっと、終われました。私の、恋物語」

「……ああ」

俺も、再び泣きそうになるのをこらえながら、頷《うなず》いた。

「……ありがとう」

「なんでお礼？」

三島が笑いながら首を傾《かし》げるのを見て、俺は素直《すなお》に答える。

「……お前の運命の相手になれたことが、嬉《うれ》しいから」

そう答えると、三島がぴくりと動きを止めて、その瞳《ひとみ》にじわりと涙をにじませた。今度は、こらえきれずに、頰を伝う。

「だから……ッ」

三島は涙を流しながら、呆《あき》れたように言った。

「そういうこと言うのやめてくださいよ……！」

三島は泣きながらも、冗談《じょうだん》を言うような口調で、笑いながら続ける。

「成就《じょうじゅ》させてくれなかったくせに!!」

ストレートな抗議《こうぎ》に、俺も思わず噴《ふ》き出してしまう。

「ははっ、そうだな……！　すまん……！」

「ひどい、センパイは本当に、ひどいです！」

俺の肩《かた》をごんと小突《こづ》いて、三島はくすくすと笑いながら、ぼろぼろと大粒《おおつぶ》の涙を零《こぼ》した。

ようやく……俺と三島の関係に区切りがついた瞬間《しゅんかん》だった。

＊

ちくたくと、壁掛《かべか》け時計が鳴る音が大きく部屋に響《ひび》いている。

「終電……なくなっちゃいましたね」

「そりゃ、あの時間から映画観始めたらな」

「どうするんですか？」

「帰ったほうがいいなら、タクシーで帰るよ」

「……まだいてくださいよ。始発まで」

「……分かった」

ソファに深々と座りながら、二人でゆるやかな会話をする。

「吉田センパイ、終電逃《のが》したこととかあるんですか？」

「入社したての頃《ころ》は、飲み会で数回あったかなぁ。でも、女の子の家で終電逃したことはない」

「へぇ〜、私が初めてなんだ？」

「やめろよ、そういう言い方」

「ところで、あそこにベッドがありますけど」

三島はそう言って、いたずらっぽい表情を浮かべる。

「だからなんだよ」

「一緒《いっしょ》に寝《ね》てみます？　朝まで」

「馬鹿《ばか》言うな」

俺がきっぱりと言うと、三島はムッと唇《くちびる》を尖《とが》らせた。

「寝るだけじゃないですか。ダメ？」

「冗談ならやめろ。本気で言ってるならダメだ」

「ケチ」

「なんだよケチって」

「いいじゃないですか別に。ちょっと憧《あこが》れてたんですよ、男の人と一緒の布団《ふとん》で寝るの。添《そ》い寝ってやつ？　この機会を逃したら一生ない気がするもん」

三島のぶっちゃけすぎな発言に苦笑しながらも、俺は明確に「そんなことはない」と思った。思ったままに、口にする。

「そんなことねぇだろ。お前は30手前でちゃっかり結婚《けっこん》するタイプだよ」

「はは、吉田センパイに何が分かるんですか。私、もう恋とかしないですよ、多分」

「そう思ってるのは今だけだ」

「どうしてそんなこと言い切れるんですか」

三島に問われて、思わず深く息を吐き出す。

そういう気持ちには、覚えがあった。

「……俺が、そう思ってたからだ」

俺がそう答えると、三島は、驚《おどろ》いたように俺の横顔を見つめた。

「……吉田センパイ、失恋《しつれん》とかしたことあったんですね」

「ああ。神田先輩《かんだせんぱい》と別れた時に……もう二度と恋はしないって思った」

「えっ⁉⁉　吉田センパイ、神田さんと付き合ってたんですか‼」

三島はソファから身体《からだ》を跳ね起こしながら声を上げる。

「言ってなかったか……？　高校の時の元カノだよ」

「聞いてないですよそんなこと！」

三島は興奮したように大声で言う。それから、ため息を吐《つ》く。

「はぇ～……どうりで、変な空気感だったわけだ……」

三島はぽかんと口を開けて、また深々とソファに身体を沈《しず》めた。

三島が静かになると、急に部屋に静寂《せいじゃく》が訪《おとず》れる。

しかし、お互《たが》いに黙《だま》ってしまっても、先ほどまでのような気まずさは感じなかった。

「……神田さんとは」

三島が口を開く。

「うん？」

「したんですか」

「何を」

「添い寝」

なんでそんなこと訊《き》かれにゃならんのだ、と思ったが、ここで照れるのもなんだか学生のようで逆に悔《くや》しく、俺は平静を装って答える。

「……そりゃ、まあ」

「へぇ～……」

三島はくすくすと笑って、横目で俺を見た。

「センパイがそういうことしてるの、あんまり想像つかないな」

「当たり前だろ。恋人《こいびと》同士でコソコソやるもんだ、そういうのは」

「そういう話じゃないんだけどな……」

三島はくすくすと笑ってから、もぞもぞと隣《となり》で身じろぎした。

それから、おもむろに、ぴたりと俺の肩に身体をくっつける。

俺はぎょっとして三島を見る。

「何してんだよ」

「あはは」

三島は俺にくっついたまま、可笑《おか》しそうに笑った。

「吉田センパイって……ほんと、吉田センパイですよね」

そう言って、猫《ねこ》のような目で俺を見る三島。

「ここで何したって、誰《だれ》にもバレないし……なんにも言われないのに」

「俺は……そういうことは、好きな人としかしたくねぇ」

「じゃあ、後藤《ごとう》さんに誘《さそ》われたらするんですか？」

直球すぎる問いを突《つ》き付けられて、うっ、と言葉に詰《つ》まる。

しかし、これだけディープな話になっている状態で、そんなところだけぼやかしても仕方ないと思った。

「…………付き合ってたらな」

「付き合ってたら、しちゃうんですか？」

「したいに決まってるだろ」

「ふうん…………添い寝どころか？」

「なんだよ」

「キスや……エッチなことまで？」

「訊くな訊くな、生々しい」

俺が顔を思い切りしかめるのを見て、三島はけらけらと笑う。

それから、ゆっくりと、深く、鼻から息を吐いて。

小さな声で言った。

「……なんか、妬《や》けるな」

「……そりゃ、そうだろうな」

「私も……吉田さんの、誰にも見せない部分を、見たかった」

三島の言葉に、俺はゆっくりと息を吐く。

それから、苦笑《くしょう》を漏《も》らして、言う。

「……もう見ただろ」

「え？」

「女の前で、滅多《めった》に泣いたりしねぇよ」

俺が真剣《しんけん》にそんなことを言うと、三島はきょとんとしたのちに、噴き出した。

「あはは、吉田センパイのそういうとこ、古臭《ふるくさ》くて鬱陶《うっとう》しいなぁ」

「……古臭いって、お前な」

「ね、センパイ」

三島の声の温度が、なんだか変わったような気がした。

「ん？　…………んっ!?」

呼ばれて三島の方を向くのと同時に、三島の唇が、俺のそれに押し当てられていた。

今度は、歯の当たるような乱暴なものではなく、彼女の唇の柔《やわ》らかさを感じられるような、丁寧《ていねい》なキスだった。

俺が驚いて硬直《こうちょく》している間にも、三島はぐいぐいとキスを続けた。

ちゅ、と湿《しめ》っぽい音が鳴る。

脳みその血流がとてつもなく速くなっているような感覚があった。顔の温度がどんどんと上がっていく。

上手《うま》く身体が動かせなかった。

三島はしきりに、唇を俺に押し当て続ける。俺の唇の上で、彼女の唇が開いたり閉じたりを繰《く》り返し、余すところなく擦《す》り付け合っているような丁寧なキスだった。

そして、閉じていた三島の瞳《ひとみ》が開く。

至近距離《きょり》で目が合った。

三島の瞳がスッと細められ、それから、俺の唇に割り入れるように、三島の舌が俺の前歯をなぞった。

ぞわり、と背中に鳥肌《とりはだ》が立つ。

ようやく、我に返った。身体がやっと脳の信号を受信したように動き、俺は慌《あわ》てて三島を引きはがす。

「おっ……」

声を出しかけて、三島にキスをされていた間ずっと息が止まっていたことに気が付く。

たっぷりと息を吸い込んで。

「お前なぁ!!」

俺が怒鳴《どな》ると、三島は顔を真っ赤にしながら、楽しそうに笑った。

「あはは っ」

こいつの思い切った行動はいつも突然《とつぜん》すぎて、反応が遅《おく》れてしまう。

それに、こんな風に誰かとキスをするのなんて、それこそ高校以来で……。

「ねえセンパイ、キスってどれくらいぶりですか?」

ちょうど考えていたことをまっすぐ問われて、俺は思い切り顔をしかめてしまう。そして、視線を彼女から逸《そ》らした。

付き合っていない人とキスをしたことなどない。

「……高校の時が、最後だよ」

俺の答えを聞いて、三島はにんまりと口角を上げた。

「ふぅ〜〜ん」

「な、なんだよ!」

「じゃあ……ひっさびさのキスの相手が、私なんですね」

「……そうだよ」

「んふふ」

三島は満足げに、うん、うん、と頷《うなず》いてから。

遠くを見るような目をして、ゆっくりと、息を吐いた。

「吉田センパイ」

「なんだ」

「……後藤さんと、添《そ》い寝《ね》したり、キスしたり、エッチなことをしても……私には言わないでくださいね」

三島のその言葉に、俺は眉根《まゆね》を寄せてしまう。

「当たり前だろ」

どうしてそんなことを逐一《ちくいち》他のヤツに言わなければならないのだ。

そもそも。

「というかまだ付き合ってねぇし……」

もごもごと尻《しり》すぼみになりながら俺が言う。

三島はそんな俺を横目に見てくすりと笑った。

かと思えば、スッと真剣な表情になって、言う。

「私も……吉田センパイとキスしたこと、誰にも言いません」

「だからそんなの当たり前……」

俺はそこまで言って、言葉を失った。

つう、と、三島の頰《ほお》に涙《なみだ》が伝っていた。

穏《おだ》やかな微笑《ほほえ》みと共に流れるその涙に、心臓を摑《つか》まれる。

「私と吉田センパイの、唯一《ゆいいつ》の、『秘密』ですからね」

「………ああ」

「一生、忘れないでくださいね。私とキスしたこと」

一生、と言われても。

この後のことなんて分からない。……でも。

「……忘れないだろ、多分」

こんなにインパクトの強い出来事を忘れるわけがないと思った。

手のかかる後輩《こうはい》だと思っていた三島。そんな三島に大胆《だいたん》に告白され、脳みそがクラクラするほどのキスをされたのだ。

忘れたくても、忘れられない。

「多分じゃなくて、絶対!!」

三島は念を押すようにずい、と俺に顔を近づけた。

またキスをされそうな距離感《きよりかん》になってしまい、俺ははずみで身体《からだ》をのけぞらせながら頷く。

「分かった、分かった！　……墓まで持ってく」

「えへへ、そうしてください」

三島は涙を拭《ぬぐ》って、それから、吹《ふ》っ切れたような表情で、笑った。

「じゃあ、もう……それだけで、いいや」

13話　秘密

三島《みしま》の家に行った日から、数週間が経過した。

あれから、三島の様子は穏やかなものであった。

いつも通り、すべての報告を口頭でしに来るようになり、昼食も一緒《いっしょ》に食べ……本当に、今までと同じ関《かか》わり方に戻《もど》ったようだった。

橋本《はしもと》も、そんな変化に気付いていたようだったけれど、何も訊《き》いてこなかった。

きっと、俺と三島の間で決着がついたと、分かっているのだと思う。

三島の家で夜を明かした次の日などは、さすがに三島と話しているとなんとも言えぬソワソワとした気持ちがあったが、今ではもうその感覚も消えてしまった。

すべて、元通りだ。

でも……三島が精いっぱい、気持ちを伝えてくれた事実だけは、消えない。

きっと、いくつ歳《とし》を重ねても、忘れることはないだろう。

とは、いえ。

一波乱を終えて、俺の生活はまた、味気のないものに戻った。

会社へ行き、仕事をし、仕事を終えれば帰る。そんな毎日。

別に不満はない。

ただ、シンプルな感想として、「戻ってきたなぁ」と、思った。

しかし、そんな平坦《へいたん》な生活の中でも、少しずつ、変わっていくこともある。

「吉田《よしだ》君、今日この後、予定空いてる？」

終業時刻の間際《まぎわ》、後藤《ごとう》さんが俺のデスクへとやってきた。

最近は、こういうふうに後藤さんが声をかけてくる時のその後の展開は決まっている。

「あ、後藤さん。空いてますけど……メシですか？」

「うん、良ければ」

「もちろん、行きます」

俺が二つ返事で頷くと、後藤さんは安堵《あんど》したように薄《うす》く微笑んだ。

そう、後藤さんから誘《さそ》われることが増えた。

沙優《さゆ》を家に置くようになり、俺の生活が変化したことによって、後藤さんの俺への態度が変わり始めたのがきっかけだったが……。

今は、あの頃《ころ》以上に俺を誘ってくれる頻度《ひんど》が増えたような気がする。

意中の相手から食事に誘われて嬉《うれ》しくないわけはない。仕事の後の楽しみが増えるのも、悪いことではないはずだ。

しかし……後藤さんに誘われるたびに、若干《じゃっかん》、複雑な気持ちになるのは、三島から告白されるという経験を経たからだろう。

俺は以前、後藤さんから俺のことが好きだと伝えられた時に、その言葉を信じ切れず、「では、次はあなたから告白してください」というようなことを言ってしまった。

しかし今では、大人になった人間が誰《だれ》かに想《おも》いを伝えるということが、どれだけ決死の覚悟《かくご》の要《い》ることなのか、知っている。

もしかしたら、あの時後藤さんが俺に想いを伝えてくれたこと自体も、彼女の中ではかなり覚悟の要ることだったのかもしれない。

俺からもう一度伝えるべきじゃないのか。

しかし、一度言った言葉を引っ込めるべきなのかどうか……。

そんなことを、ぐるぐると考えている。

「お仕事後にデートですか～？　いいですねぇ」

ちょうど俺に業務の報告をしにきた三島が、後藤さんの後ろでにまにまと口角を上げていた。肩《かた》にはすでにバッグがかかっている。報告をしてそのまま帰る気なのだろう。おちゃらけた様子の三島だが、内心どう思っているのかは、想像もつかない。

「デートじゃねえよ、別に」

俺がバツ悪く答えると、三島はにししと笑い、後藤さんは苦笑《くしよう》を浮《う》かべ、三島に視線を送った。

「だそうよ」

三島はくすくすと笑った。

それから、いたずらっぽい表情で俺を見る。

「なんでもいいですけど……お持ち帰りするなら、22時くらいの時間は避《さ》けてくださいね」

「はぁ？　なんだそれ」

「私、この後、吉田センパイの最寄《もよ》り駅で映画ですから。そのタイミングで駅前歩いてたら私が見つけちゃいますからね」

「……なるほど、そういうことか」

これが三島でなければ「何をふざけたことを」と受け流せたが、こいつには一度俺と後藤さんが一緒に最寄り駅まで来るところを追いかけられたことがある。

思えば、あれだって、俺への好意の表れだったのだろう。ただただ興味本位で、男女二人を追いかけるようなことがあるのだとしたら、常識を外れすぎている。

彼女の気持ちを知った後では自明のように分かることですら、あの時の俺は気付けなかったのだ。

苦笑を漏《も》らして、首を横に振《ふ》る。

「メシ食うだけだよ」

「ふふ、そうなの？」

後藤さんが俺をからかうようにそう言うが、鼻を鳴らして、取り合わない。

こういう言葉にいちいち赤面していては身が持たない。

三島はそんな俺と後藤さんを交互《こうご》に見てから、「あ」と声を漏らし、思い出したように言った。

「そうだ。頼《たの》まれてた資料、ボックスに入れといたんで、明日《あした》にでも確認《かくにん》お願いします」

「分かった。ありがとう」

「はーい、それじゃ。お先です！」

三島はそう言って片手を上げ、オフィスを出ていった。

その後ろ姿を見送って、後藤さんはぽつりと呟《つぶや》く。

「あの子……なんか雰囲気《ふんいき》変わったわね」

同感だった。

何がどう変わったか……と訊かれると難しいが。

今まで通りの態度の中に、今まで以上の芯《しん》を感じるようになったというか、さっぱりしたというか……。

「……そうかもしれませんね」

俺が頷《うなず》くと、後藤さんは横目でこちらを見ながら、にんまりと口角を上げた。

「四人で飲んだ日、あの後何があったわけ？」

いつか訊かれるのではないかと思っていた質問だ。

しかし、答えは決まっている。

「……秘密です」

俺がそう答えると、後藤さんは一瞬《いっしゅん》スッと鼻から息を吸って、すぐに笑顔《えがお》を作る。

「あら……やましいことでも？」

「やましいことは、何も」

嘘《うそ》だった。

あれだけ長いキスをされたのを「何もない」と言うのはあまりに無理がある。

けれど俺は今、それを隠《かく》しきっている自信があった。

確かに、やましいことがないとはとうてい言えない。

でも、それが、三島にとって必要な『儀式《ぎしき》』だったのだと、理解している。

そしてそれらは、俺が『墓まで持っていく秘密』なのだった。

だから、約束は守らなければいけない。

後藤さんは数秒間俺の目を見つめてから、パッと顔を逸《そ》らした。

そして、あっさりとした口調で言う。

「そう。なら、これ以上訊かないけど」

後藤さんは肩をすくめてみせてから、ぼそりと呟いた。

「ちょっと妬《や》けるわね」

「え？」

「なんでも。さ、早く出る準備して。ご飯行きましょう」

「ああ……はい、急ぎます！」

自席に荷物を取りに行く後藤さんを見て、俺はばたばたと帰り支度《じたく》を始める。

後藤さんは途中《とちゅう》で振り返り、くすりと笑ってみせた。

そんな笑顔を向けられるだけでドキリと心臓が跳《は》ねてしまうのは、やはり、恋《こい》なのだと思う。

未《いま》だに、彼女が何を考えているのかはさっぱり分からない。

いろいろなことを察してしまう後藤さんは、もしかしたら俺がさっき平然と嘘をついたことにも気付いているかもしれないと思った。

告白をどちらからするか、などということはひとまず置いておくとして。

どのみち、俺はこれから後藤さんと真正面からぶつかって、少しずつ彼女のことを今以上に知っていく必要がある。

そして、俺のことも、もっと知ってもらうのだ。

どんな人間にも、『抑圧《よくあつ》した気持ち』というものがある。

俺は今まで、すべてのことに対して、『仕事』を言い訳にしてきちんと向き合ってこなかったように思う。

後藤さんのことが好きだと思いながらも、仕事の方が大事だから……と行動を後回しにし、結局5年もその想いをくすぶらせた。結果、告白をして振られた時の傷は深くなり、その後の後藤さんの行動への不信感も高まってしまった。

後藤さんの気持ちが分からないと言いながら、結局彼女の心を深く掘《ほ》り下げて考えようという努力もしていない。

どうして彼女が「恋人《こいびと》がいる」などと嘘をついたのか。その理由は言葉で聞かせてもらったものの、深い部分で理解しているとはとうてい言えない。

彼女の「今じゃない」という言葉の意味を理解できるようになって、ようやく、気持ちを通じ合わせるための土俵に上がれるのかもしれないと思った。

言わなければ伝わらないことがある。いや……むしろ、そんなことばかりだ。

俺は伝えられることをすべて彼女に伝え、逆に、彼女の言葉をきちんと引き出す粘《ねば》り強さを持つ必要があるのだろう。

そうやって丁寧《ていねい》にコミュニケーションを紡《つむ》ぐ勇気を持つことができたのは……三島のおかげだ。

彼女が全力でぶつかってきてくれたからこそだった。

人と関《かか》わることで、相手の何かが変わっていくこともあるのだと、よく分かった。

三島には三島の物語があり、俺にもきっと、俺の物語がある。

二つの物語が合わさって、互《たが》いの何かを少しずつ変えていく。そういうことを繰《く》り返して、人生は続いていくのかもしれない。

沙優と出会ったことも、三島と深く関わったことも……もしかしたら、俺の『運命』なのかもしれない。

そして、後藤さんとのこれからも、その一部だと、言えるのかもしれない。

他人との出会いが、少しずつ、俺を変えてくれた。それも、俺の知らないうちに、だ。

だから、今度は、俺自身がもっと自分の物語に自覚的になるべきだと思った。

俺の行動が、誰かを変えることがあるのだと、信じるべきだ。

後藤さんは、きっと、まだ俺に話していないことがたくさんある。

その一つ一つを引き出すために、俺がどんな行動をすべきで、どんな言葉をかけるべきなのか、考えることにする。

三島が俺に……そうしてくれたように。

「……頑張《がんば》るか」

小さく呟いて、俺はビジネスバッグを摑《つか》み、立ち上がった。

「お先に失礼します！」

いつもより心なしか大きな声で退勤の挨拶《あいさつ》をして、オフィスを出る。

仕事は終えた。であれば、あとは、『生活』だ。

まだ今日という一日は、終わらない。

エピローグ

『レゾンデートルの海』をもう一度、一人で観た。

それから、あの時吉田先輩《よしだせんぱい》と入ったカフェに一人で行き、飲み物を頼む。

ガムシロップをたっぷり入れたアイスカフェラテをストローでちゅうと吸いながら、私は考える。

レゾンデートルの海で言われていたように。しょせん、世界などデータの集合体なのかもしれない。

私にはそうは思えないけれど、突《つ》き詰《つ》めていけば、そういうことなのかもしれない。

ただ、それを確かめるすべは、存在しなかった。

私は、私に見える世界でしか、物事を判別できない。

吉田先輩に、「自分のフィルターを通してしか物を見ていない」なんて怒《おこ》ってみたけれど、そんなの、誰《だれ》だって一緒《いっしょ》だ。

どれだけ客観的な視線を持ったフリをしてみても、それこそ、世界に溢《あふ》れるデータを拾い集めて、自分のものにした気になっているだけなのかもしれなかった。

私は、私から脱出《だっしゅつ》できない。

アイスカフェラテの量が、減っていく。

考え事をしていると、飲み物が減るのが早いと思った。

ここで吉田先輩を困らせた自分のことを、思い出す。

あの時の私は、吉田先輩にとっては、一人で勝手にエラーを起こし、歪《いびつ》なデータを放出する存在に見えたかもしれない。

でも今は、私の中の感情は整理されて、落ち着いていた。

『お前はさ……あの物語を、ちゃんと、「自分の物語」として受け止めてるんだな、って……思った』

吉田先輩のその言葉で、私は苦しくなった。

つまるところ、私は、たくさんの物語に触《ふ》れるうちに、自分の物語に憧《あこが》れていたのだと思う。世に溢れる物語が、私の物語でないことを知っていたのに、それを認めたくない気持ちが、心のどこかにあった。

無理もない。

ずっと、自主性のない人生を送ってきた。

ラクをすることに味をしめる一方で、ラクであることが退屈《たいくつ》だった。

そんな私に試練を与《あた》えた彼に、私は物語のように、惹《ひ》かれてしまった。

それだけだ。

それだけのことだった。

「…………ッ」

甘いアイスカフェラテに、少しだけ、しょっぱい味が混ざった。

気が付けば、目から零《こぼ》れた涙《なみだ》が、口元まで伝っていたのだった。

私という存在が吐《は》き出すエラーを形にしたものが涙なのだとしたら、これからも、私はこのエラーを何度も吐き出し続けるのだと思う。

それも、複雑なエラーだ。

一つの原因を見つけて、そこをちょいちょいと書き換《か》えてやれば解決するようなものじゃなかった。

一つを直せば、他《ほか》でエラーが起こる。複雑に組まれたコードのどこか一部を書き換えたら、必ず他で帳尻《ちょうじり》を合わせないといけなくなる。

私はついに、自分の物語を見つけてしまった。そこには、私自身がずっと価値を置かずにいた『私の歴史』が複雑に絡《から》みついていた。

そして、ついにどうしようもなくなったエラーが、私の頬《ほお》を伝っている。

ままならないにも、ほどがある。

一度、考えたことがあった。映画が終わるとどうなるのか、ということについて。

映画は、物語の、『映すべきところ』を終えたら終了《しゅうりょう》して、そのあとのことを語ったりはしない。

でも、登場人物たちには未来があり、あの後も、物語は続いていくのだ。

同じように、私にも、この後の人生があり、物語がある。

「……うぅ………」

涙が止まらなかった。

私の物語は、あの夜に、終わったと思った。

ようやく終わらせることができたのだと、思ったのに。

まだ、苦しかった。終わったということが、悲しかった。

でも、同時に。

「えへ……………ぐすっ…………へへへ……」

私は泣きながら、笑っていた。

ようやく自分の物語を始めて、そして、一つ、終わらせられたことが……誇《ほこ》らしかった。

近くの席に座っている客が、私の方へ視線を向けるのが分かった。

そりゃ、カフェで一人で泣いている女がいたら、気味悪かろう。

でも、止まらなかった。

「ぐすっ……うぅ…………うぅぅ〜〜……」

自分が泣いていることを意識し始めた途端《とたん》に、涙はどんどんと溢れてくる。

顔を伏《ふ》せて、テーブルの上でうずくまるような姿勢になってしまう私の耳に、ガタッ、と、椅子《いす》を引く音が聞こえてきた。

「あの、大丈夫《だいじょうぶ》ですか」

若い、男性の声だった。

顔を上げると、カジュアルな服を着た、大学生っぽい青年だった。

「だ」

私はくしゃくしゃになった顔で、首を横に振《ふ》った。

「大丈夫じゃないかも……」

涙をぼろぼろ流しながらそう言うと、青年はおろおろしたように手を空中で動かした後に、慌《あわ》ててポケットからハンカチを出して差し出してきた。

「こ、これ、使ってください！」

目の前に差し出されたハンカチを見つめて、私は思わず笑ってしまった。

「あはは」

「……？」

「いや、ごめんなさい、ありがとう……」

私はハンカチを受け取り、涙を拭《ふ》く。

こんなシーンを、何かの映画で見たことがあると思った。

こんな映画みたいな出来事が、自分に起こる日が来るとは思ってもみなくて、それがなんだか、すごく可笑《おか》しかった。

「えへへ……」

泣いているのに、口角が上がって仕方がない。心の中はちぐはぐだ。

このハンカチ、どうしよう。

自分の涙をつけたまま返すのもどうかと思うし、でも、もう二度と会うことのない相手だ。洗って返す、なんてことも言えない。

そんなことを考えていると、つい、別のことも考えた。

明日《あした》も、会社へ行く。

吉田先輩と顔を合わせ、何事もなかったかのように、仕事の話をするのだろう。

彼は、私が彼の最寄《もより》駅前のカフェで一人でわんわん泣いたことなど知りもしないのだ。

そして……これから親密になっていく吉田先輩と後藤《ごとう》さんを、私はずっと見守ることになるだろう。

それが、私の人生なのだ、と、思った。

思えば、「明日はどうしよう」なんてことを考えることの少ない人生だったと思う。

当たり前のように生活して、当たり前のように翌日が来て。

ラクなことを選択《せんたく》して、ラクに生きてきた。

自分の人生を生きている自覚など、まるでなかった。

今まで目を背《そむ》けてきたそれを自覚した途端に、胸がいっぱいになった。

明日、どうしよう。このハンカチ、どうしよう。

後のことを考えるのがこんなに苦しいなんて、知らなかった。

「ハンカチ、返さなくていいです」

青年が唐突《とうとつ》に言った。

心の中でも覗《のぞ》かれたのかと思って、私は驚《おどろ》いて顔を上げてしまう。

涙でびしゃびしゃになった顔を見られる恥《は》ずかしさよりも、驚きの方が勝っていた。

「え……？」

私が間抜《まぬ》けな声を上げると、青年も慌てたように手をぶんぶんと振った。

「お、親が……言ってたんです」

青年は少し顔を赤くしながら、言葉を続ける。

「泣いている人に、ハンカチを渡《わた》して帰れるようになったら、大人だよ……って」

そう言って、はにかんだように笑う青年。

私は、きょとんとしてしまった。

「これで僕も大人ってことでいいんですかね……なんて」

その言葉を聞いて、私は数秒ぽかんとしてから。

思わず、はじけるように笑った。

「あはは！　それ言っちゃったら、台無しじゃん」

「あ、ああ……確かに……失敗した……」

顔を真っ赤にする青年を見ながら、私は、自分の涙が止まっていることに気が付く。

助けられちゃったなぁ、と、思う。

「それじゃあ……このハンカチはありがたくもらっておくね」

『大人』という言葉を、青年は使った。きっと、そこに憧れがあるからなのだろう。で、あれば。

私も、『大人』っぽく対応してあげた方が良《い》いのではないか、と、思った。

目尻《めじり》の涙を拭いて、ハンカチを自分のバッグの中に入れた。

それから、さっきまでおいおい泣いていたくせに、ちょっと声を作って、言ってみる。

「君が大人になった証《あかし》として」

私が格好つけてそう言うと、目の前の青年は目を丸くして、それから、ぼーっとした様子で。

「はい……」

とだけ、言った。

いそいそと、自席へ戻《もど》って行く青年。

私は改めて、アイスカフェラテをストローで飲んだ。

ストローで飲み物を飲むと、吉田先輩《せんぱい》のウーロン茶で間接キスをした時のことを思い出した。

そして、流れるように、この前の、私の家での出来事を思い出す。

吉田先輩と、私は確かにキスをした。

恋愛《れんあい》が成就《じょうじゅ》しようと、そうでなかろうと……その事実が消えることはない。

あのキスは、私の恋《こい》のピリオドであって、その意味は大きいけれど……それでも、私の人生のカンマでしかない。

バッグの中のハンカチを意識する。

これも、きっと、その一つだ。

長い人生の中で、この出来事を思い出す日が、きっと来る。

一息にカフェラテを飲み干すと、氷が、カラン、と音を立てた。

その音はどこかすっきりと頭の中に響《ひび》いて……私は席を立つ。

青年に片手を上げて見せながら、スッと、彼の席の伝票を引き抜《ぬ》いた。

「あ、え……！」

狼狽《ろうばい》する青年に、ウィンクを送る。

「ハンカチ代」

それだけ言って、振り返らずにレジへと向かった。

二つの伝票を持ってきた私に、ウェイターは一瞬《いっしゅん》困惑《こんわく》したような様子だった。

「あの子の分も、会計お願いします」

私が言うと、ウェイターは合点《がてん》がいったように、「かしこまりました」と答える。
一度、やってみたかったのだ。
そんなことを考えながら、私はひとりでに微笑《ほほえ》む。
カフェの外に出て、ううん、と伸《の》びをする。
恋は、終わった。
……じゃあ、次は何が始まるんだろう。
そんな疑問が胸に浮《う》かんで。
私は、小さく息を吐《は》いて、呟《つぶや》いた。
「ま……始まった時に、分かるか」
もはや『恋の跡地《あとち》』となった、大好きな先輩の最寄り駅前を歩く。
どこからともなく、開映のブザーの音が聞こえたような、気がした。

（了）

あとがき

はじめまして、しめさばと申します。

『ひげを剃《そ》る。そして女子高生を拾う。』の本編が終わりまして、またスピンオフ作品を書かせていただき光栄です。

唐突《とうとつ》ですが、引《ひ》っ越《こ》しました！

夢の一軒家《いっけんや》——とはいえ、賃貸ですが——!!

部屋が決まった時は、お家の中に階段があるぞ!!　とワクワクしたものですが……。

住んでみると……とにかく、虫が、多い！

しめさばという作家、実は虫が割と苦手でございます。

今までの住居はといえば。実家はマンションの4階、専門学生時代の一人暮らしはアパート3階、大人になってからの家はマンションの3階……と、すべて3階より上の高さに住んでいたため、蚊《か》やゴキブリなど、割と「ウワッ」と思うタイプの虫とは無縁《むえん》の生活を送っていました——ゴキブリは大体1、2階以上の高さに登るのは疲《つか》れてしまうようで、あんまり出ません。蚊も飛行能力があまり高くないため、3階以上の高さには滅多《めった》に飛んでこないそうです――。

引っ越したのは秋口だったので、ゴキブリくんとはまだ遭遇《そうぐう》していないのですが、とにかく蚊がブンブン飛んでおり、刺《さ》されまくって痒《かゆ》い、痒い。

初めて自分で○ーマットなる蚊《か》取《と》り装置を買いました。

あと1か月ほどしたら蚊の活動も落ち着く季節になると思うので、それまでは耐《た》えの期間ですね。

さて、唯一《ゆいいつ》友好的な関係を結んでいるのがハエトリグモくんでして、巣を作らないし、ピョンピョン跳《は》ねて可愛いし――拡大すると普通《ふつう》にクモなのでグロイのですが、私の目に拡大機能はついていないので助かります――、なにしろどの部屋に行っても一人はハエトリグモ先輩《せんぱい》がいるので、寂《さび》しくない！

思えば大人になってマンションの3階に住んだ時も、初めて家に来てくれたのはハエトリグモくんでした。なにかと縁《えん》を感じる生物なので、これからも尊重しつつ生きてゆきたい気持ち……。

虫の話ばかりしてしまいましたが、お部屋もなかなか自分好みのものに出来上がったので満足しています。

お部屋を改造するにあたって、壁《かべ》一面に吸音材を張ったり、その上から防音カーテンをかけたり、なかなか一人ではしんどい作業ばかりだったのですが……お仕事に集中する場所として通《かよ》い詰《つ》めているシーシャ屋さんの店員さんがご厚意でめちゃくちゃ部屋作り作業を手伝ってくれまして、そのおかげで驚《おどろ》くほどのスピードで部屋が完成しました。

部屋作りはおろか、免許《めんきょ》を持っているシーシャ屋店員のお兄さんがハイエースをレンタルしてきてくれて、それで荷物を運んだりもしました。

本当に、感謝してもしきれません……。

これからもめちゃくちゃシーシャ屋通ってお金を落とそうと思いました。決意。

と、いうわけでお引っ越しをして気持ちを新たにしましたが、お仕事は引き続き頑張《がんば》っていこうと思います。

今後ともよろしくお願いいたします。

どうでもいい追記ですが、今回の家には最初から全室エアコンがついています。

やったね！

さて、ここからは謝辞になります。

まずは、いつものごとく……遅々《ちち》とした進行に付き合ってくださり、尻《しり》を叩《たた》き続けてくださったK編集、本当にありがとうございました……。今回は低気圧で死ぬ頻度《ひんど》も高く、かなりヤバいスケジュールになってしまい、本当に申し訳なかったです。毎回言ってますが、次回こそ頑張ります。

イラストを担当してくださったぶーたさん、ありがとうございました。5巻から引き続き、またぶーたさんのイラストが見られて幸せです。なかなか落ち着かない日々を送っておられるそうですが、少しずつ一息つける時間が増えたら良いなぁと祈《いの》っております。

そして、きっと私よりも真剣《しんけん》に本文を読んでくださった校正さん、その他この本の出版にかかわってくださったすべての方々に、心よりお礼を申し上げます。ありがとうございました。

最後に、本編を終えた後も『ひげ～』シリーズを手に取ってくださった読者の皆様《みなさま》。本当にありがとうございます。今後は、今作を含《ふく》め、「本編に入れ込むと蛇足《だそく》になってしまうけれど、ここは絶対に語りたいよね」という部分の話になっていきます。本編はあくまで「吉田《よしだ》と沙優《さゆ》の物語」でしたが、その物語を彩《いろど》ってくれた他キャラクターたちの人生を、私と一緒《いっしょ》に見つめてくださると幸いです。

また皆様と私の書いた物語が巡《めぐ》り合《あ》うことのできるようにと願いながら、あとがきを終わらせていただきます。

しめさば

ひげを剃《そ》る。そして女子高生《じょしこうせい》を拾《ひろ》う。Another side story《アナザーサイドストーリー》 三島柚葉《みしまゆずは》

著　しめさば

角川スニーカー文庫　22889

2021年12月1日　初版発行

発行者　青柳昌行

発　行　株式会社KADOKAWA
〒102-8177 東京都千代田区富士見2-13-3
電話　0570-002-301（ナビダイヤル）

印刷所　株式会社暁印刷
製本所　本間製本株式会社

Printed in Japan　ISBN 978-4-04-111763-7　C0193

★ご意見、ご感想をお送りください★

〒102-8177 東京都千代田区富士見 2-13-3
株式会社KADOKAWA　角川スニーカー文庫編集部気付
「しめさば」先生
「ぶーた」先生

角川文庫発刊に際して

角　川　源　義

第二次世界大戦の敗北は、軍事力の敗北であった以上に、私たちの若い文化力の敗退であった。私たちの文化が戦争に対して如何に無力であり、単なるあだ花に過ぎなかったかを、私たちは身を以て体験し痛感した。西洋近代文化の摂取にとって、明治以後八十年の歳月は決して短かすぎたとは言えない。にもかかわらず、近代文化の伝統を確立し、自由な批判と柔軟な良識に富む文化層として自らを形成することに私たちは失敗して来た。そしてこれは、各層への文化の普及滲透を任務とする出版人の責任でもあった。

一九四五年以来、私たちは再び振出しに戻り、第一歩から踏み出すことを余儀なくされた。これは大きな不幸ではあるが、反面、これまでの混沌・未熟・歪曲の中にあった我が国の文化に秩序と確たる基礎を齎らすためには絶好の機会でもある。角川書店は、このような祖国の文化的危機にあたり、微力をも顧みず再建の礎石たるべき抱負と決意とをもって出発したが、ここに創立以来の念願を果すべく角川文庫を発刊する。これまで刊行されたあらゆる全集叢書文庫類の長所と短所とを検討し、古今東西の不朽の典籍を、良心的編集のもとに、廉価に、そして書架にふさわしい美本として、多くのひとびとに提供しようとする。しかし私たちは徒らに百科全書的な知識のジレッタントを作ることを目的とせず、あくまで祖国の文化に秩序と再建への道を示し、この文庫を角川書店の栄ある事業として、今後永久に継続発展せしめ、学芸と教養との殿堂として大成せんことを期したい。多くの読書子の愛情ある忠言と支持とによって、この希望と抱負とを完遂せしめられんことを願う。

一九四九年五月三日

WEB発、
サラリーマン×JKの
同居ラブコメディ。
しめさば
イラスト／ぶーた
ひげを剃る。そして女子高生を拾う。
好評発売中！
5年片想いした相手にバッサリ振られた冴えないサラリーマンの吉田。ヤケ酒の帰り道、路上に蹲る女子高生を見つけて――「ヤらせてあげるから泊めて」家出女子高生と、2人きり。秘密の同居生活が始まる。

スニーカー文庫

TVアニメ大好評御礼!!
吉田の元カノ・神田先輩の登場で均衡が崩れる!?
元カノ・神田先輩の登場によって、激しく揺れる吉田の心。
思い出されるのは、甘くて苦い高校時代の記憶……。
そしてその波紋は、三島・後藤といった同僚たちへも広がっていき……!
熾烈なヒロインレースが幕を開ける!?
ひげを剃る。そして女子高生を拾う。6
作:しめさば 漫画:足立いまる キャラクター原案:ぶーた
コミックス⑥巻 絶賛発売中!
KADOKAWA Kadokawa Comics A
/定価:704円(10%税込)
KADOKAWAオフィシャルサイトでもご購入頂けます
https://www.kadokawa.co.jp/

ひげを剃る。そして女子高生を拾う。
1 Each Stories
原作:しめさば
漫画:バラマツヒトミ
キャラクター原案:ぶーた
「ひげひろ」スピンオフ、待望のコミカライズ!
ヒロインたちの可愛らしい日常をお届け!
アニメ化もした大人気小説の、日常スピンオフが待望のコミカライズ!
沙優をはじめ、三島・後藤・あさみの本編では見られない"素顔"をお見せしちゃいます。
彼女たちの素敵なギャップに、心ときめくこと間違いなし!
コミックス①巻 絶賛発売中
KADOKAWA Kadokawa Comics A
KADOKAWAオフィシャルサイトでもご購入頂
https://www.kadokawa.co.jp/

転校先の清楚可憐な美少女が、
昔男子と思って一緒に遊んだ幼馴染だった件
Hibariyu
雲雀湯
illust シソ
重版続々!!
元"男友達"な幼馴染と紡ぐ、
大人気青春ラブコメディ開幕!
7年前、一番仲良しの男友達と、ずっと友達でいると約束した。高校生になって再会した親友は……まさかの学校一の清楚可憐な美少女!? なのに俺の前でだけ昔のノリだなんて……最高の「友達」ラブコメ!
作品特設サイト
公式 Twitter
スニーカー文庫

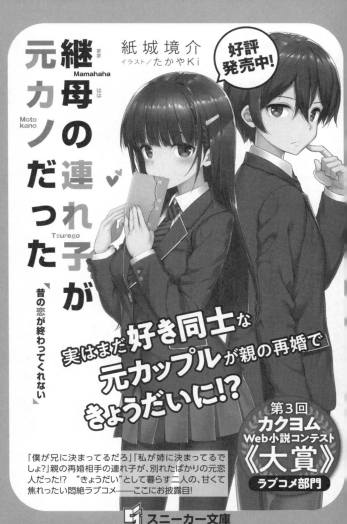

時々ボソッと
ロシア語でデレる隣のアーリャさん
Милашка❤
story by sun sun sun
illustration by momoco
燦々SUN
イラストももこ
ただし、彼女は俺が
ロシア語わかる
ことを知らない。
特設サイトはこちら!
スニーカー文庫

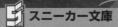

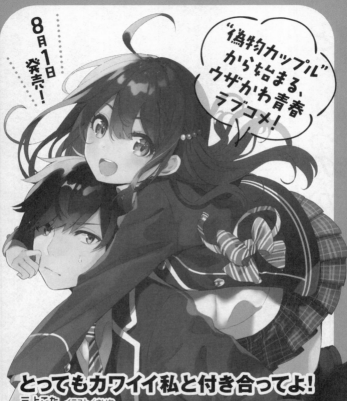

全てのおっぱいフレンズに捧ぐ――
理想のバカップルラブコメ!!
『おっぱい揉みたい』
って叫んだら、
妹の友達と付き合う
凪木エコ
イラスト 白クマシェイク
story by eko nagiki
Illustration by sirokuma shake
特設サイトは▼コチラ!▼
「おっぱい揉みたい!」俺の魂の叫びに答えたのは天使のような女の子、末仔ちゃんだった。「お、おっぱい揉ませたら、私と付き合ってくれますか……?」甘々でイチャイチャな理想の毎日。彼女がいるって素晴らしい!

スニーカー文庫

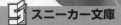

お見合いしたくなかったので、
無理難題な条件をつけたら
同級生が来た件について
桜木桜
イラスト
clear
story by sakuragisakura
illustration by clear
わたしと嘘の"婚約"をしませんか?
嘘から始まるピュアラブコメ、開幕。
お見合い話を持ってくる祖父に無理難題をつきつけた高校生・高瀬川由弦。数日後、お見合いの場にいたのは同級生の雪城愛理沙!? お見合い話にうんざりしていた二人は、お互いのために、嘘の『婚約』を交わすことになるのだが……。

スニーカー文庫

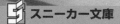

入栖
—Author
Iris
神奈月昇
—Illust
Noboru Kannnatuki
マジカル☆エクスプローラー
—Title
Magical Explorer
エロゲの友人キャラに転生したけど
Reincarnated as a Eroge Hero's Friend,
ゲーム知識使って自由に生きる
I'll live freely with my Eroge knowledge.
知識チートで
二度目の人生を
完全攻略！
特設ページは
▼コチラ！▼
スニーカー文庫

君の紡ぐ物語で
世界を変えよう。
第28回
スニーカー大賞
作品募集中!
大賞300万円
+コミカライズ確約
金賞100万円
銀賞50万円
特別賞10万円
締切必達!
前期締切
2022年3月末日
後期締切
2022年9月末日
詳細は・
ザスニWEBへ
https://kdq.jp/s-award
イラスト／左